さよならは時に雨と同じ

miyu

目次 Contents

プロローグ		5
第1章	プラタナス	6
第2章	アールグレイの優しい匂い	27
第3章	ひとときの、永遠の。	54
第4章	伸ばされた手をすり抜けて	88
第5章	Departure	126
第6章	忘れていた夢	142
第7章	しずくがぽたり	164
第8章	さよならは時に雨と同じ	184
第9章	永遠をおぼえている?	211
第10章	雨のように優しさが降る	236
第11章	希望はいつも遠く	259
最終章	「大切にしてね」	277
エピローグ		295
あとがき		298

カバー撮影:今城純(D-CORD) モデル:佐々木希 松坂桃李
ヘアメイク:金丸佳右(LOVEST by air・佐々木希分)
高橋幸一(Nestation・松坂桃李分) スタイリスト:本間園子
衣裳協力:URBAN RESEARCH、TOPSHOP / TOPMAN
HIGH BRIDGE INTERNATIONAL

登場人物紹介 The Characters

中岡 創(なかおか そう)

すごく優しくて、かなりモテる。
地元の総合病院の、院長の息子。
音子(ねこ)の亡くなった双子の妹
カナとは付き合っていた。

蒼山 音子(あおやま ねこ)

カナとは双子同士で、
家でも学校でも、いつも一緒だった。
誰からも愛されて
天使みたいなカナが大好き。今でも。
双子なのにカナとは全く違う雰囲気の
自分に、どこか自信が持てない。

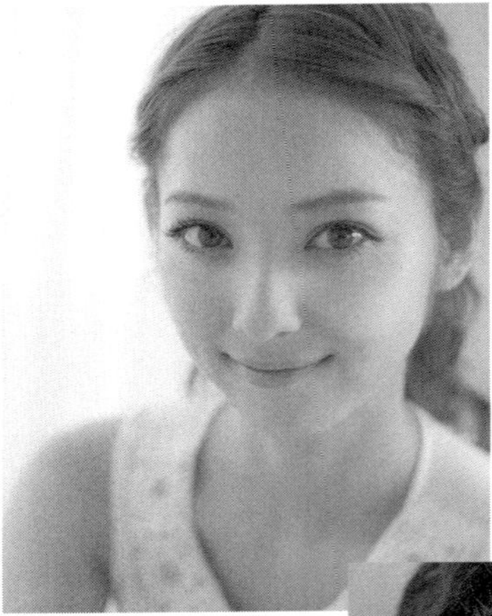
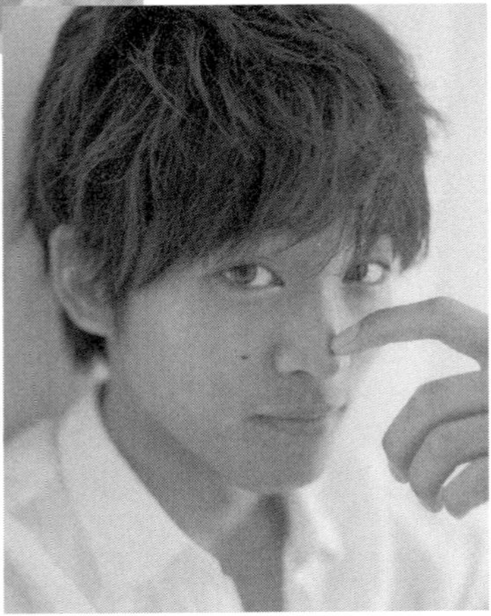

プロローグ

振り向くと　いつも　そこにある人形のように

あたしが　あたしでいたいと笑うことさえ
いつも　誰かのレプリカだった
抱(だ)き締めた手足(てあし)　いつも堅(かた)くて
陶器(とうき)のように　ひんやりと冷(つめ)たい
あなたにあたしをあげたかった
あたしのすべてをあげたかった
天を降る星も　月の満ちかけさえ
あなたのために在(あ)ると　信じてほしかった

ぎこちなく細い指が　頬(ほお)に触(ふ)れた時
赦(ゆる)されているのだと　思って　くれれば
未来も過去も超えて　あなたをあなたにする
幼い時代の宇宙のように

あなたを包(つつ)んでゆける
あなたから　去ってゆける

第1章
プラタナス

細い肩。
扉を開けても、微動だにしない背中。
この時間にあたしが来ることを、知っていて。
窓辺に置かれたベッドは、機能的で、ひどく無機質で。
プラタナスの緑が、近くて遠い。まるで平日のすいた映画館のスクリーン。
あたしたちはいつも、無邪気な幼い恋人同士みたいに。意味もなく近くにいて、顔を寄せて笑いあってきた。
その部屋は白くて。何か冷たいものが棲んでいることを、ひそやかに、誰にも気付かせないように。
肩に触れると、頼りなく指先が沈む。

「カナ。…熱い」
あたしの冷たい指が、カナの頬に触れる。
「少し、調子悪くて。でも大丈夫」
肩を抱き寄せる。壊れそうに軽い。
青白い頬。また痩せたみたい。
どうしよう。
抱き締める。強く抱き締める。もうどうしようもなく。
「おねえちゃん、あたし大丈夫だから」
どうしよう。どうしたらいいの。
「おねえちゃん」
あたしは、いつかこの子を。
いつか。遠い未来とは言えない、いつか。
どうしよう。

失う?

それは死からはじまる

　この物語は、死から始まる。
　本物の死は忘却だと、誰が言ってたんだっけ。
　実体を失くすことでは、人は、死を、死ねない。
　死んでも終わらない、むしろ始まる物語が世界中で編まれる。
　どうしようもなく、鎮魂歌のように。

死は、訪れるもの？　忍び込むもの？

多分、カナは。
死よりも前に…死と共に暮らしていた時期があったと思う。
半分あちら側に行ってしまったような…
透けるように儚い横顔。
あたしは怖くて。カナを失うのが、怖くて。

今、あたしはカナのいた日々を。
きらきらとまぶしく光る、宝石のような日々を。
思い出している———

カナがいて、あたしがいて。
いつもおでこをくっつけあって、笑って。
思い出の多くは、中学時代。
あたしたちの町は、緑が多く、標高も高く。
爽やかな風の吹く町。
ちょっと遠い中学校に、あたしたちはバスで通っていた。
すぐ裏に総合病院がある。学区域とは違う中学校だった。
心臓に問題を抱えたカナが、病院に通いやすいように。

　いつもバスの一番後ろの席を陣取って、あたしたちは、くすくす笑いながら。

いつも飽(あ)きもせずに、その日あったことを話した。
　のどかな田舎(いなか)のバスで、遅れがち。
　病院通いのおばあさんがバスに乗り込むまで、遠くからゆっくりゆっくり歩いてくるのを、何分も待ってたりして。
　乗り遅れると1時間待ちだもんね。
　カナはいつも、細くて長い髪を、ラプンツェルのように垂(た)らして。あたしの左肩に頬を擦(す)りよせてくる。
　長いまつげ、真っ白いきめ細やかな肌(はだ)。
　天使みたいに、目を閉じて。
　思わず見つめていると、目を開けて。
「なあに、おねえちゃん」
　こぼれるような天使の微笑(ほほえ)みを見せる。

　あたしは、蒼山音子(アオヤマネコ)。
　ちょっと親のセンスはまともじゃないと思ってる。
　子供に「ネコ」なんて名前つけるかなあ？
　双子(ふたご)の妹は、蒼山奏(アオヤマカナ)。
　こっちの方が普通だ。とゆーか、まとも。
　ピアノの先生だったママは、お腹の子供が双子の女の子だとわかった時に、「音」と「奏」にしようと言ったそうだ。
　パパが「音(オト)よりも音子(オトコ)がいい」と主張し。
　ママが「オトコじゃ男みたいでいやよ。それに、響(ひび)きは2文字がいいの」と主張し。
　間をとって（？）「ネコ」になったんだそうです。
　やれやれ。

「幸せ」は、幸せと名付ける時には。
　この手から飛んで行ってしまってるんだ。
　そのことに気付いた時にはもう、あたしの手からはこぼれ落ちてる。

8　さよならは時に雨と同じ

あたしは、カナのいた日々を思い出している。
　上気した笑顔。細く白い指。
「だいすきよ」って囁(ささや)く、甘い声。
　華奢(きゃしゃ)で、何もかもが細くて。
　頬だけがふっくらしていて、すべすべで。
　小さくて柔(やわ)らかくて、ふわふわの羽毛(うもう)みたいな子。
　カナは、本物だった。
　よくコロコロと笑って、走っちゃいけないのに走って。
　誰にでも愛される運命を背負って生まれてきた存在。
　ふわふわのぬいぐるみか、バービードールか。
　…いや、カナだ。
　他の何にも置き換えられない…　あたしの自慢の妹。

「おねえちゃん」とカナはあたしを呼んだ。
　同じ日に生まれたあたしたちだけど、その呼び方はカナに似合った。
　２人で同じベッドに足を投げ出して、壁にもたれて。
　カナはよく、あたしの左肩に頬をすり寄せる。
「おねえちゃんが、いちばんすき」
　あたしも、カナがいちばん。
　誰にでも愛されるのに、カナはいつもあたしを選んだ。
　それはとても、とても誇(ほこ)らしく。

　あたしは。
　あたしは、カナがいればそれでよかった。
　あたしは、カナがいれば…　いなくてもよかった。
　あたしは、カナの鏡(かがみ)に映(うつ)った影(かげ)。
　カナがあたしに微笑みかけるから、鏡の中のあたしはここにいるんだ。

あたしたちを産んで、1歳のお誕生日も待たず、ママは亡くなった。あたしたち双子の命と引き換えに。
　双子がママの心臓にかけた負担は、ひどく、ひどく重かったんだ。
　ママは身体が弱かった。
　そして、夫婦にはなかなか子供ができなかった。
　長く不妊治療をしたんだよ、とパパは教えてくれた。
　双子のあたしたちが、生まれてきたことを悔やむことのないようにと。
　一度だけ、本当のことを。真剣なまなざしで。

　最先端の不妊治療が行われている遠い病院に、夫婦で何年も通った。でもママは身体が弱かったからね。
　受精卵を子宮に戻す時は、1つだけにしていたんだ。
　通常、可能性を増やすために、2つくらいは戻すんだけどね。
　もし受精卵が2つ以上育って、双子を産むことになったら、ママの身体は出産に持ちこたえられないかもしれない。
　何年も病院に通って、ついに子供はできないと、諦めて。
　不妊治療をやめたんだ。
　でも、その次の年に、自然妊娠した。
　双子だった。一卵性双生児。
　1つの卵が分裂してできる、運命のつがい。

　双子だったことを知った時に、パパもママも喜んだんだよ。
　それがどんなにリスクの高いことでも。
　運命だと思った。いっぺんに2人もの子供たちが、僕たちのところに来てくれる。
　だから、後悔はしていないんだ。ママは亡くなってしまったけれど、ママも後悔していないと思う。
　君たちは、望まれて生まれてきたんだ。

パパとママが君たちをどんなに待ち望んでいたか。
目に涙を滲ませながら、たった一度。

でも、ねえ、パパ。あの時はカナがいたよ。
ママが遺した命は、カナとその影。
でもカナがいなくなってしまったら、ここにあるのは影だけ。
何も残っていない———

　温め合っていたつがいを失くして、あたしは泣きながら目覚めて、ドアを開ける。外は吹雪だ。
　行かなくてはいけない。何故かそのことだけは知ってる。

　吹きすさぶ雪の中を、歩き出す。
　何もかもがフィルター越しに、けむる。
　白く白く吹雪いて、1メートル先も見えない。
　ホワイトアウト。
　自分さえも見失う白い闇。

　あたしはどこから来て、どこへゆくの？

「あいしてる」
　カナのいた日々を、どこから話せばいいか、わからない。
　記憶のひとつひとつ、あたしの身体に滲みついてしまっている。
　カナとあたしは、「ホントに一卵性？」ってよく聞かれてた。
　あたしたちは、あまり似ていない。
　年をとるほどに、お互いの特徴が際立って。
　同じ遺伝子を持っていて、顔立ちはかなり似ているのに、雰囲気が全然違うんだ。
　そしてほんの少し、心臓に空いていた穴の位置が違ったことが、運命を分けてしまった。
　華奢で身体が弱くて、でも明るく優しく、誰にでも愛される太陽のようなカナ。
　身体は弱くないけど、おとなしく人見知りのあたし。
　あたしたちは、２人で１つだった気がしてた。
　光と影のように、お姫様と侍女のように、いつも一緒だった。
　ママのいないあたしたちはいつも…
　猫が身を寄せ合うように、温め合って暮らしていた。

　最愛の妻を失ったパパは、人生を諦めたかのように黙りがちで。
　２つの部屋が与えられても、いつも同じベッドで。
　姉妹は手を繋いで、おでこをくっつけるようにして眠った。
　カナとあたしは。
　とにかく仲がよすぎて、いつも何でも一緒にしたがった。
　パパは、あまりにも２人が、すべての生活を共にすることを嫌がった。嫌がるというよりも、恐れていた。
　あたしたちは、いつもおでこをくっつけあって。
　くすくすと笑って。
　パパにはわからない秘密の言葉を交わしあってたから。

でも、心臓に問題のあるカナは、常に近くに事情を知る身内がいることが必要だったから。
　あたしたちは、学校でも、いつも離れることなく。

　カナはとても華奢だけど、存在感のある美少女で。
　カナが微笑むと、老若男女問わずみんな顔を赤らめてしまうような、不思議な魅力に溢れていた。
　隣にいることには痛みがあった。それを認めるのは、とてもとても、ツライことだったけど。
「本当に一卵性？」
　質問の意図はわかっている。
　あんなに可愛くて、愛らしくて、魅力的なあの子と、本当に遺伝子が同じなのかと。
　ごめんね、どうも同じみたい。でも、ぜんぜん違う。
　神様は罪作りなことをなさる。

「だいすきよ」
　真面目に言うのが照れるような言葉も。
　カナが言うと音楽のようだった。
　奏でるように…
　言葉がきらきらと光を放ちながらこぼれてゆく。
「おねえちゃん、だいすきよ」

　でも中学２年の頃、あたしは、カナの通う病院の中で。
　カナの「だいすき」があたしだけのものではないんだって…知ることになった。
　委員会活動を終えて。カナを病院に迎えに行って、一緒に帰る予定で。総合病院のエレベーターは病気の人で混雑しているから、あたしはいつも階段を使う。
　あたしの心臓は、７歳の頃には完治していた。

階段を上るくらい、何の問題もない。
心臓外科(しんぞうげか)は、4階。
階段を急ぎながら、2階と3階の間の踊(おど)り場(ば)で、立ち止まって窓の外を見る。
ここから見える病院の裏、森の風景が。陽がオレンジに翳(かげ)る時刻、とてもきれいなんだ。
そこから見えた光景に、あたしは息(いき)を呑(の)んだ。
木々の間に、男の子と女の子がいた。
女の子は、うちの中学の制服だ。
話し声が、あたしのところまで聞こえそうに近い。
寄り添う2人。
男の子が、少しかがんで。
女の子の、両肩を掴(つか)んで。
ゆっくりと、顔が近付く。
スローモーションのように。
————キス。

一瞬、目に入った光景の意味がわからなくて。
ボー然として。
ワンテンポ遅れてから、カーッと赤くなった。
あたしは足がすくんでしまって動けないまま。
寄り添う2人から目を離せないまま。
不意に気が付いた。
ドクン。
ドクン。
うちの学校の制服。ふわふわした髪。
そして少女は、必ずあたしに気付く。
あたしたちは引き合う磁石のように… 離れていても、いつも、お互いを見つける。
「おねえちゃん！」

カナが頬を染めながら、あたしを見上げて手を振る。
　カナよりだいぶ背の高い男の子が、あたしをちらと見て。
　照れたように微笑んで…　片手を上げて、立ち去ってゆく。
　あの人、知ってる。このあたりで、知らない人はいない。
「カナ、走っちゃ…ダメよ」
　声が、微かに震えてしまう。
　カナのことで知らないことなんてないと。
　錯覚、してた…

　カナは、その後。
　呆然としてるあたしに、何て言ってたっけ。
　そう、「なんとなく、キスしちゃった」って言ってた気がする。病院の帰り、バスの中で。
「付き合ってるの？」
　あたしは、動揺が隠せなくて、声が震えて。
「う〜ん、付き合い始めたことになるのかな」
「告られたの？」
「うん、さっき」
　告って、すぐキスしちゃうんだ。あたしの、カナに。
　バスの一番後ろの席。すいてて、誰にも話は聞こえそうにない。
「好き…なんだ？」
　あたしは、窓の外を見ながら。
「好き、かも。…でも」
　カナがあたしの右肩に手を回して、頬を左肩に載せた。
「あたしが一番好きなのは、おねえちゃん」
「嘘」
　あたしは、うつむいて。
　気が付くと、涙がボロボロこぼれてて。
「嘘じゃない。あたしの一番は、いつもおねえちゃん」

カナがあたしの顔を、下から覗き込む。
「あたしたちよりも強いつながりなんて、どこにもない」
　あたしたちは。
　あたしたちは一緒に生まれてきて、いつも一緒で。
　身を寄せ合って、同じものを食べて、同じベッドで眠って。

「あいしてる」

　歌うように、カナは言って。
　泣いているあたしの頭を、抱き寄せて。
　あたしの頭に、キスした。

　彼は、地元では有名な男の子だ。
　中岡創。
　カナの通う病院の、院長の息子。
　このへんでは一番大きい総合病院だから、たぶん、お坊ちゃん。2人息子がいて、お兄さんはおとなしくて影が薄く、弟は優秀だけどチャラいという評判。
　その弟の方。
　かなり、モテる。
　彼のクラスが体育の授業の時は、同級生が窓に張り付く。
　あたしたちの一学年上で、生徒会長にもなっていた、有名人。
　うちの中学はけっこう髪型に厳しいのに、長めの茶髪で。
　彼が生徒会で教師をやりこめて、うちの学校の髪型規則が緩くなったという噂がある。
　中1の頃から、よく町で派手系の女の子と歩いてるのを目撃されてて。狭い町だから、とても目立つ。
　カナは、ふわふわのロングヘアで。
　学校ではちゃんと結って。
　私服も、シンプルでナチュラルガーリーなファッションで。

西洋の絵本に出てくるみたいな子なのに。
　どうして、カナなの？

「カナ…」
　あたしは、その日の夜。
　寝る前に、部屋で切り出した。
「やっぱり、やめた方がいいよ。彼、あまり評判がよくないよ」
　カナが、ベッドに座ったまま。
「そお？」
　あたしに振り向いた。
「からかわれてるんだよ。カナが…」
　可愛いから。
　カナはたぶん、うちの学校で一番人気の美少女だ。
　運動ができないから、体育の授業は見学していた。
　カナの靴箱には、無記名でリボンのかかった包みが入ってたことがある。
　中身はレースの日傘(ひがさ)。"見学の時に使ってください"と一言書かれた小さなカード付き。
　カナは「遠慮(えんりょ)なく使う」と言って、日傘で見学していたけど。
　学校中の男の子がこっそり見に来た…。

「なんとなく———」
　カナが、歌うように言う。
「なんとなく？」
「通じ合えるような気がしたの。不思議な感じ。
　生まれる前から知ってたみたいな」
　時折(ときおり)、カナは、年齢に不似合いな言葉を空に放つ。
　病気が、カナとあたしの間に、舞台の終わりに下りる幕のような、薄いフィルターを落とす。

17

近くにいるカナが、瞬間、遠くなる。
でもいつもカナは、振り返って笑って。
あたしの肩に頬を寄せるんだ。
「ああ、会えたねって… 思ったの」
「カナ…」
家の中で大半の時間を過ごすカナ。
いつもあたしと手を繋いで、あたしとおでこをくっつけあって。この部屋は、誰も入ってこれない聖域(サンクチュアリ)。
あたしたちだけの世界だったのに。

カナとあたしはいつも一緒だった。
もし、カナが倒れるようなことがあっても…
事情を知っていて即座(そくざ)に対応できる身内が、近くにいる必要があったからだ。
でも、病院だけは、カナのもうひとつの聖域だった。
カナが、リラックスしていられる場所。
あたしがいなくても…
いや、あたしよりもずっと的確に対応してくれる、医療関係者がいて、設備がある。
だからあたしは、カナが病院に行っている間に…
カナの参加できない、「普通の子」の日常をこなした。
委員会活動や、音楽祭準備。
10キロ歩かされる校外学習。
あたしのいない時間を過ごすのは、病院くらいのものだった。
あたしの用事が長引くと、カナは。
心臓外科のフロアで、本を読みながらあたしを待っていた。
あたしという影(かげ)を連れていない、わずかな隙間(すきま)に。
…彼は、いつの間にか、入り込んでたんだ。

彼は、自分の親が経営し、勤務もしている病院で。

健康な脚で、息も切らせず階段を上って。
ある日、カナを見つけて。
…恋に落ちた？

そこは森の中のサンクチュアリ。
いつ壊れるとも知れぬハートを抱いて。
黒く堅いソファの背にもたれて。
長い髪をラプンツェルのように垂らして。
読みかけの恋愛小説を膝に置いたまま。
あたしの大事な妹は…
夢見るように目を閉じていたかしら？

　彼は、カナと出会ってから、すぐさま、曖昧な関係だった女の子（たち）とキッパリ別れた。
　彼がチャラ男扱いされる理由は、少しわかる。
　ちょっと女の子に優しすぎるんだ。
　重い荷物を持ってあげたり、気軽に、何かと触れたりする。
　肩を抱いて、頬をつついて。
　話してる時に、すぐ女の子の髪をいじる。
　いかにも自然に、当たり前のように。
　他の人がやれば、セクハラだ。
　でも彼は何をしても許される雰囲気を持ってた。
　カナと付き合うようになってからも、彼はやっぱり女の子に優しく。でも、誰に告られても「彼女がいるから」ってきっぱり断るようになって。
　他の女の子とはさりげなく距離を置くようになった。
　カナは、彼の初めての「steady（ステディ）な彼女」になったんだ。

　彼は学校帰り、カナを迎えに来るようになった。

誰が見ていても気にせず、カナに微笑（ほほえ）みかけて。
　身体の弱いカナを率先（そっせん）してかばって。
　彼が学校帰りに迎えに来ると、クラス中が耳をそばだて。
　寄り添うカップルの3メートル後ろから付けて歩く、にわか探偵続出。
　彼はキレイな顔立ちで、地元じゃ目立つお坊ちゃんで。
　成績もいい生徒会長。
　そして、誰に見られても気にしない性格。
　彼がカナと付き合うようになって、ただでさえモテていた彼の株はさらに跳（は）ね上がった。
　それまで、告られた女の子と、来る者拒まずで何人とでも付きあって、女の子に本気になると思われてなかったから。
　身体の弱い美少女との恋バナは、学校中を駆（か）け巡（めぐ）り。
　たちまちのうちに、知る人のいない名物カップルになった。
　あたしは会う人会う人に、コトの詳細を聞かれてうんざり。

　夢の中で、カナが笑う。
　あたしに振り向いてから、背を向け、走ってゆく。
　行かないで。そっちに行くと、きっと。
　何がひどいことが起こる。
　何かひどいこと。とても、ツライこと。
　封印（ふういん）された記憶を、死の影（おお）が覆ってゆく。
　夢の中で、あたしはどうしても。
　カナが死ぬことが思い出せない。
　ただ、怖（こわ）くて。怖くて、泣きながらカナを追う。
　記憶の中の彼は、いつもカナの隣で。
　優しく笑ってる。

　病院の隣は、森。
　木々は、常にあたしたちの背後で息づく。

真夏の、セミの声が貫く学校帰り。
彼が迎えに来て、カナはあたしとも彼とも手を繋ぐ。
そんな大胆で無邪気な仕草も、カナには似合って。

何もない田舎、と思っていた。
色褪せた看板、全国チェーンの店、何の変哲もない国道沿い。
寂れた、ありきたりの… 故郷。
でも、私たちの生まれ育った町は。
生まれる前から、ひとの魂が抱かれてきたような…
深い森のなかにある。

光を含んだおやかな碧。
染み透るような蒼。
碧と蒼に天空を覆われた小さな町。
あたしとカナは、ベランダから空を見上げる。
あたしたちの家の横にも、大きな木は立っていて。
葉裏の隙間に見える空は、満点の星を抱く。
昔、カナと一緒にめくった、外国の本。
美しい少女が、森の中で恋に落ちる物語に…
カナだけが入っていってしまった。

そんな、気がして。

交差点は、扉。

あたしにとって。
中学時代こそが、至福の時代だったかもしれない。
一学年上の彼は中学を卒業して、近くの県立高校に入学したけど。それからも変わることなく、2人は付き合い続けていた。
このまま、カナの心臓はよくなるように思えた。
身体も少しずつ強くなって、いずれ手術にも耐え得るだろうと…あたしは子供だったから、ひどく楽観的な未来を思い描いていた。
でも、あたしにはちゃんとは教えられていなかった。
カナの心臓は、壊れかけの柱時計みたいに。
いつ止まってもおかしくないまま…
だましだまし時を重ねていたんだ。

せっかくあたしもカナも、彼と同じ高校に受かったのに。
どうにも誤魔化せなくなってきたねと、微笑みながら…
入学してすぐ、一週間の入院。
じきにまた半月の入院。
そして数か月後、半年入院した時には、高校は休学せざるを得なくて。そして高校に戻ることはなかった。

カナの死の前後は、フィルターがかかったように、記憶がぼやける。息苦しくて、心にブレーキがかかって、思い出せない。
高2になろうとしている春だった。

カナが焼かれた時を、あたしは憶えていない。
早すぎる死を悼んで、火葬場には泣き声が絶えず。
あたしは最後のお別れを言う前、棺の中のカナの顔を見る前に、悲鳴にもならない音が喉から漏れて。膝が身体を支えられなくなったところで、記憶が途切れている。

誰かが、肩を支えてくれた気がする。
「何か袋っ」て声が微かに、聞こえて。
意識の消失は、甘い。
もう何も考えなくていいから。
現実はいつも、つらすぎる。

パパは、カナを喪ってから、壊れたように、口を開かなくなり。家の中は、野良犬２匹が、それぞれのねぐらに潜り込んでいるような有様で。
あたしも心を喪った人形みたいに、ただ日々を過ごしていた。何を見ても、何を聞いても、心に入って来ない気がしてた。
友達にも心を開けず、ただ家と高校を往復してた。

カナはもう、いない。
カナのいない世界は。
音も色も失った、モノクロ写真のようで。

カナを喪って、長い長い１年が過ぎて。
高３になったばかりの春。
あたしは友達に誘われて、一泊だけ東京に行くことになった。模試を受けるため。
そろそろ、進路を真剣に考えなくてはいけない時期に来ていた。うちの近くには大手模試を受けられる場所がなくて、どこか都会に行って一泊しなければならない。
パパとあたしだけの、真っ暗なねぐらのような家から、一時でも逃げたかったのかもしれない。
仲が良くもない友達に誘われるまま、あたしは高速バスに乗って、東京を訪れた。
御茶ノ水にある予備校の模試。パパの会社の提携で安く泊まれるホテルにしたら、友達とは分かれてしまった。

交差点はあたしの、扉なんだ。

　高速バスで東京に来ると、まず八王子の街並みが見える。
　東京ってなんて大都会。と思ってると、そんなもんじゃなかったりする。
　バスの窓から見える風景は、どんどん、どんどん未来都市に移り変わって、バスは巨大未来都市の中枢（？）、新宿へ。
　でも新宿は大きすぎて、広すぎて、全貌が見えない。
　着いたら、あとはもう、表示を見ながら地下道をひたすら歩く。新宿は迷路のような地下道の印象しかないんだ、今でも。
　そして中央線に乗って（このへんで息切れしている）。
「御茶ノ水」という駅に降り立つと。
　そこにはスクランブル交差点。人の洪水にクラクラする。
　これが東京…

　スクランブル交差点を見たのは…
　生まれて初めてかもしれない。
　テレビで見たことくらいあったのかもしれないけど。
　目前に見たのは初めて。
　———人が溢れて、溢れて、こぼれそうだ。
　中央でクロスしてる横断歩道。
　みんな、それぞれに、どこからか来て、どこかへ向かう。
　あたしは、吸い寄せられるように。
　横断歩道をナナメに渡り始めた。

　この溢れんばかりの人波の、ひとりひとりが。
　家に、帰って行ったり。誰かと待ち合わせて夕飯を食べたり。
　みんな、生きる意味や、待つ人がいて。
　それぞれに、きっと。

夕暮れ前の、少しオレンジがかった光の中で。
不意に、どうしようもなく、涙が溢れた。
いなくていい。
あたしだけは、いなくていい。
「音子！」
え？
誰？　空耳？
顔を上げた瞬間、世界が不意に、闇に閉ざされた。

不意打ちだった。
交差点の真ん中で、凄い力で、腕を引っ張られて。
あたしは抱き締められていた。
あたしは呆然として、ただされるがまま。
ほんの数秒。真っ白な無音の世界に包まれ。
放された時、世界に急に色彩と音が、溢れだした気がした。
そして、背を押されて。
はじき飛ばされるみたいに、あたしは交差点を渡り切った。
あたしの様子をチラチラ見ている人が何人もいたけど、信号が変わって、急ぎ足の人波はたちまちばらけていった。
振り向くと、あたしが渡った側と反対側、御茶ノ水の駅前で、今あたしを抱き締めて背を押した人が、手を振ってる。
ああ…　変わってない。彼だ。
カナの…

それからまた、記憶が途切れる。
人混みと車と、駅のアナウンスと発車のベル。
あたしはどうやって、東京から自宅に帰ったのかなあ？
カナが死んでからの高校生活は、まるで思い出せない。ただ、カナが死んで１年後の交差点の出来事だけが、色のある記憶として残っている。

交差点の出来事からまた1年が過ぎ。
そして今、くるうように散る桜を、あたしは見てる。
カナが死んで2年。
カナが死んだ日も、桜は散っていた。吹雪のように。

あたしが東京の大学に行くと言ったら、パパはためらいがちに「再婚」を口に出した。
ここ数年付き合ってきた人がいるが、再婚してもいいかと。
あたしは1つだけ、パパにお願いした。
カナの部屋だけは、できれば、今のままにして欲しいと。
パパは「そうするつもりだよ」と言った。
「ママが生きた証は、君とカナにある。
カナの生きた証は、必死で保たないと、消えてしまいそうで怖いんだ」
パパはあたしを見て、そして目を伏せた。
パパはあたしを見るのがツライんだ。
あたしとカナは、いつも一緒だった。あたしはカナを思い出させる。存在が、そのまま、「喪失」を示すほどに。
いくつか東京の大学を受けて。
引っかかった2つの大学のうちの1つに入学手続きをした。

さよなら、カナ。
どうしようもなく、雨が降るように。さよなら。
避けられない運命に、人ができるささやかな抵抗は「てるてるぼうず」。
あたしはささやかな荷物を東京に送って、また東京行きの高速バスに乗った。
あたしたちが生まれた、そしてあなたが消えた町。

さよなら。

第2章
アールグレイの優しい匂い

触れないでくれれば　ただそれだけで
泣かずにいられる
道は続いていて　言葉は途切れがちで
一点の曇りもない空に飲まれる
ひとりでいたかったわけじゃなく
ひとりでいられないと壊れそうだった

アールグレイの優しい匂いにひかれて
ブロック塀にもたれて　目を閉じる
ただ広い荒野でなく　ここに道があるよ
そびえたつ壁と壁の隙間

2人+ONE

　それにしても、春は風が強い。
　ビル風っていうの？
　時々ホントに吹き飛ばされそうになる。
　ここ１か月で、傘は何本も壊れた。
　４本目の傘を守ろうとして、風に逆らわないように手を伸ばしたら。今度は、身体が一瞬宙に浮いた。
　メアリー・ポピンズ？
　(メアリー・ポピンズは、傘を持って空を飛んでやってくる)
　ここはビル街。
　ビルの隙間を泳ぐように、高速道路。
　ゴウゴウと音を立ててる。
　高速道路のすぐそばに、あたしの通う小さな女子大は建ってて。授業の合間に外を見ると、渋滞中の高速バスに乗ってる人と目が合ったりして。
　東京って、ヘン。
　慣れない…。

　あたしは、大学のすぐ隣の喫茶店にいた。
　ここは、巨大シフォンケーキが名物。
　丸ごとのシフォンケーキの真ん中に、生クリームがたっぷり詰め込まれて１人分。甘いもの好きな人もひるむボリューム。
　罰ゲームみたい。
　こんなの注文する人いるのかな？と思ってたら、連れの鈴華が「あたしシフォンケーキ！」って嬉しそうに注文してた。
　あたしは、アールグレイのアイスティーを飲みながら、おいしそうに食べる鈴華を見ていた。
　相原鈴華。
　色白でちょっとぽちゃっとしてて。
　言葉遣いも、舌っ足らずで。でも、えーと、胸は大きくて。

いつも身体のラインを強調した服を着て、リップバームが妙に紅くて。
　色っぽいけど妙に幼いの。アニメに出てくる子みたいな子。

　名簿順で、語学の席が隣の鈴華。
　授業の後、お茶付き合って、と言われて、引っ張るように連れて来られたんだ。
　あたしは、あまり自分のことを話さないし、サークルに入る気もしなくて。
　いつもジーンズにTシャツやカットソー。寒さしのぎにパーカー。ナチュラル系とゆーか何も考えてないとゆーか、そんなスタイルで大学に行ってる。
　なかなか友達ができないまま、もう５月。
　人懐こい鈴華だけが、やたらに寄ってくる。
　でも、適当にあしらっていた。
　毎日のようにランチやお茶に誘ってくるから、いつも断っていたけど。
　その日はたまたま、なんとなく、ついてきた。

「双子、だったんだね」
　鈴華がケーキを食べる手を止めて、呟いた。
「うん…」
　妹がいてね、双子だったんだけど、高校の頃死んでしまって。
　どういう話の流れでそうなったのか。
　短くあたしが説明すると、鈴華の表情は曇った。
　カナはいたけど、もういない。
　そのことは、あたしに、常に付きまとう深い傷だ。
　いつでも、血が滲んで、傷が開けば、致命傷になり得る。
　鈴華の反応は想像より優しかった。
　あたしはほっとして。

「答えたくなかったら聞き流して。病気、だったの？」
　気遣うように、そっとあたしに聞く。
　鈴華の大きな瞳がうるんでいて…　あたしは何だか、言わずにいられなくなった。
　カナのことを人に話すつもりはなかったのに。
　東京に来てずっと張り詰めてたのに、気持ちが急にゆるんで。
「そう。心臓がね…悪くて。
　双子なのに、あたしは小さい頃にほぼ完治して。
　でも妹はずっと悪いままでね。
　でも中学くらいまでは、普通に暮らしてたから…
　いつか治るんじゃないかって思ってたんだけど…」
　ああ、涙が…　こんなところで、泣いてちゃいけない。
　あたしは横を向いて、涙を誤魔化そうとしていた。
「ぐす。ひっく」
　泣き声がしたので、振り向いた。
「す、鈴華ちゃん？！」
「うえぇぇぇぇぇん」
　鈴華が号泣しながらテーブル越しにあたしに抱きついてきた。クリームが服に付くってば。
「あたし、あたしそういう話、弱いんだあああ。
　う、うぇ、ぐすっ」
「鈴華ちゃん…」
　抱き締めながら、オロオロする。
　イヤな感じではないけど。本気で同情してくれてるみたい。
　でも、正直、困ったな。

「あ、わりぃ。手間かけたね」
　顔を上げると、背の高い男の子がテーブルの横に来ていた。
「拓真〜〜〜」
　鈴華が、あたしの首に回していた手を放して、今度は男の子

に抱きついた。
「うええええぇん」
　号泣は止むことなく。
　拓真と呼ばれた男の子が、鈴華の隣の席に座って、抱きつかれるまま頭をヨシヨシしている。
　かなり大人びてて…髭なんか生やしちゃって…。
　男の子っていうよりは大人だな…。
「あの、鈴華ちゃん、あの、あたし、ごめん…」
「あ、気にしないで。こいつ、いつもこうだから」
　鈴華は、男の首に手を回してぎゅーっとしがみついてる。
　その男は、鈴華の頭を抱きかかえるようにして。
　耳にちゅっとキスした。
　思わず、カーッとなってしまう。
「あ、あの…」
　目の、やり場が…ナイ…んだけど…
　真っ赤になったまま、あたしがかたまってると。
「あ、ごめんごめん。きみ、処女？」
　男があたしの方を見て、朗らかに言ってのけた。
「ーーーー…っ」
「あーーー不躾だったね。すまんすまん。えーと…」
「拓真ぁ、ネコちゃんはすっごいピュアなのっ！
　ピュアピュアなのっ！！
　もっと気を遣って！！」
　鈴華が、男の首に回した手をやっとほどいた。
「ネコちゃん？　猫ちゃんって、あだ名？？」
「…本名です」
　イマドキのカップルって、こんな感じなんですか…。

　あたしたち３人は、その後すぐ、店を出た。
　店の人が不審そうに見てるし、鈴華はまだ泣いてるし。

この子、ホントに「うえぇん」って泣くんだ。大粒の涙をボロボロこぼしながら。
　拓真は鈴華の肩を抱え込むように抱いていて。
　店を出た直後、右に行く２人を見て。
「あ、あたしこっちなんで」と左に行こうとしたら。
「なんだよ。これから鈴華の家行くんだろ？」
　拓真がにこやかに言った。
「え…」
「ほら、早く。すぐだよ」
　右腕で鈴華の肩を抱きつつ、左手で器用にあたしの二の腕を掴む。どんどん歩いてゆくので、引っ張られてしまう。
「こいつ１人で電車乗ると家に帰れねぇからさ、大学のすぐ近くに住んでんの」
「…」
　あたし、鈴華の家に行くなんて一言も言ってないけど。

　有無を言わさぬ雰囲気と、泣かせてしまったという責任感とで。あたしはなんとなく２人にくっついて、鈴華のマンションまで行ってしまった。
　３階建ての２階の端。白くて明るい雰囲気のマンションだ。
「ほら、入って入って。ここ、女子学生しか入ってないマンションでさ、ホントは男子禁制」
　拓真がポケットから出した鍵で開けて、あたしを中に押しやる。この人、鈴華の部屋の鍵を持ってるんだ。
　あたしは、押しやられるままに、鈴華の部屋に上がった。
　中は…けっこう散らかってるけど。
　人がそこで暮らしている息遣いが感じられた。
　雑誌に、化粧品。ぬいぐるみまで床に散らばってる。
　部屋の隅に置かれたベッドには、ワンピースやスカートが積み重なってる。

「今日の洋服を選んで、時間がなくなって放置」という感じで。
　女の子の部屋って、こういうのか…。
　あたしの部屋は、あまり物がないのよね。
　カナの部屋を思い出す。
　カナはリボンを集めるのが好きで、部屋中にリボンが結ばれていたっけ。
　時々レースショップに付き合わされてた。
　カナの部屋はいつも、甘いヴァニラの匂いがした。
　今もカナの部屋は、もとのまま。時折事情を知る家政婦さんが来てくれて、そっと掃除してくれる。

「座って座って。はい、お茶」
　拓真が小さな冷蔵庫から、勝手知ったる様子で、お茶のペットボトルを１本出して、あたしに差し出した。
「ありがとう…」
　言われるまま、座って、お茶を受け取る。
　部屋は８畳くらいだろうか。
　ベッド脇にふかふかのカーペットが敷かれていて、座ると温かみを感じた。
　鈴華は拓真の隣にちょこんと座ると、拓真の左腕に腕を絡めた。すっかり泣きやんで、にこにこしてる。
　あたしは、カップルに向き合うような形で座ってる。
　ええと…。
「あの、あたし、お邪魔よね？」
「なんで」「なんでぇ？」
　拓真と鈴華が声を合わせて言って、鈴華が「あ、気が合っちゃった」とくすくす笑う。

「鈴華がさ、毎日"お友達になりたい子がいるの〜〜。でも誘っても誘ってもなかなかお茶してくれない"って言うから」

「はぁ…」
「これから一緒に"紫苑"に行くから拓真来て！ってメールが来たから」
　拓真が言ってにこっとした。"紫苑"は、喫茶店の名前だ。
　笑うと、可愛い感じだな、この人。
「あたしとお茶しても…」
　楽しくないでしょ、と言いそうになって、黙る。
「鈴華ちゃんなら、他にもほら、いくらでもお友達できると思うよ」
「あの子しっかりしてそうだから、くっついて回れば大学生活なんとかなりそう！って鈴華が言うから」

　拓真が可愛らしく笑って、言ってのけたので。
　あたしは、鈴華と拓真を交互に見てから。
「はは…」
　と、苦笑した。

思い出にうずもれて

　拓真は鈴華の1つ上で、郷里が同じで高校時代の先輩後輩なんだそうだ。
　高校時代からの付き合いなのかな？
「拓真はね、今年G大に入ったの。あたしが必死でお守り作ったからだよ！」
　鈴華が拓真の腕に掴まって、拓真のジーンズのポケットを探ってる。
　えーと、あたしのいる前で、また目のやり場のないことを…。
「ほらぁ！」
　手編みのお守り袋を見せてくれる。
　ちゃんとハート柄がついてて、手が込んでる。
「じゃ、同じ1年生なんだ…」
　カレの方は1浪してるんだな、と思ってたら。
「おまえも浪人生だったくせに、よくそんなの作る暇あったよな」
「す、鈴華ちゃんって、浪人してたの？？」
　思わず声をあげてしまう。
　中3くらいに見える童顔の鈴華が、浪人？　あたしより年上？？　あれ、ってことは…。
「そう、俺は2浪。もー人生経験積んじゃって積んじゃって。
　親は泣いてたけどさ、バイトしながら浪人してた」
「そうなんだ…」
「2浪目から東京に出てきて、予備校でこいつに会ったの。
　見たことある顔だと思ったら後輩でやんの。ハハ…。
　でも予備校に3日に1回しか来ないからさ。
　おまえどーして休んでばっかりいるの？って聞いたんだよ」
「はぁ…」
「そしたら、電車どこ行きかわからなくてあてずっぽで乗ってるんだと。ばかじゃねーかと思って」

あ、あてずっぽ…。
「で、浪人中はずっと俺んとこに居付いてて。
　で、鈴華が同じ大学落ちやがるからさ。
　こいつ１人で大学通ってたら、どーせ留年しちまうでしょ？
　誰かしっかりした人に世話してもらわないと」
　拓真は、にっこり微笑むと、右手を出した。
　思わずつられて、あたしも右手を出し、握手する。
「任せた！　君なら大丈夫！」
　つまり、あたしはこのカップルに目をつけられたってことか。
　世話係として。
　…。
　カナ、東京にはいろんな人がいます。

　それから。
「俺はハタチ過ぎてるから酒もタバコもオッケー」とか言いながら、拓真はグレープフルーツサワーとか飲みだして。
　驚いたことに「あたしもハタチ過ぎてるの。誕生日４月４日」って言いながら鈴華が梅サワーを飲み始めて。
　鈴華がベッドの下からコンビニ袋を引っ張り出して、逆さにした。
「これおつまみ。適当にやって」
　サキイカとポッキーとポテチがぶちまけられる。
　鈴華がまず、大声で愚痴りだした。
「あたし、家庭環境フクザツなの。
　中学んとき母親が出て行っちゃって、父親が再婚してさ。
　家にあたしと５つしか違わない義母がいるの」
　慣れた手つきで２本目のサワーの缶をぷしゅ、と開ける。
「もう実家から出たくて出たくて。でも大学受かんなかったからさ。東京で浪人していい？つったら二つ返事でオッケーよ。
　ふつー止めない？　あたし方向音痴だし電車なんてろくに乗

ったことないしさ。うちの田舎単線しか通ってないっつーの！
　東京来たのなんか初めてだったんだよ」
　もうほろほろ泣いている。
　この子、涙腺がとことん緩いみたいだ。
　あたしは、東京に来て、初めてカナのことを打ち明けたばかりだったしし。お酒を断って、お茶を飲んでただけなんだけど。
　サキイカなんか食べながら。
　雰囲気に、酔った…。
　気が付くと、カップルに身の上話をしていた、みたいだ。

　あたしの田舎って、なんにもないとこなの。冬は寒いし、娯楽も少なくて。のんびりしてて、平和で。みんな性格丸くて。
　妹がいてね、大好きな妹で。
　一卵性双生児。でもね、全然似てなくて。
　本当に可愛い子だったの。アイドルみたい。妹の噂を聞いて、東京からスカウトの人が来たこともあるんだよ。
　死んだ時はね。中学の同級生が全員、告別式に来たの。
　卒業してから１年経ってるのに、みーんな来たよ。
　ほとんど高校通ってないのに、高校の同級生まで全員参列してくれた。強制じゃないのに。
　告別式会場はずーっとすすり泣きの音が止まなくてね。
　飾ってあった写真がまた、天使みたいに可愛くてさぁ。
　あんなに愛されてた子、他に知らない。
　あたしの知ってる誰よりも愛されていた。
　みんな、本当は。
　みんな本当は、カナじゃなくて。
　あたしが…

　カナは、誰にでも愛されるのに、ずっと、あたしだけを信じていたように思う。

透き通るような肌も、色素の薄い髪も。大きな、うるんだような瞳も。無造作に、あたしの背中の後ろに隠そうとした。
　外の世界との交流をできる限り避けて。
　カナは仔猫のように、あたしの腕や肩に、頬を押しつけて。
「おねえちゃんがいればいい」と言う。
「あたしのことを、本当に好きな人はおねえちゃんだけ」
「そんなことないよ、カナ」
「ううん、わかるの」
　確かに、誰も、カナの内側の苦しみを知らなかったかもしれない。その細い身体で受け止める、病気の苦痛も、自分の時間が限られているかもしれないことも。
　カナだけが知っていることだった。
　一緒に生まれてきたあたしだけが、カナの痛みに、時折、触れることができたのかもしれない。
　でも、彼だけは、あたしとカナの小部屋に入ってきたんだ。

　それから3人は、たくさんの時を過ごした。
　カナとあたしはいつも一緒で。
　彼とカナも、見えない糸をたぐりよせるかのように…
　お互いを引き合っていたから。
　あたしにしか心を開かなかったカナが、彼を呼び寄せて。
　あたしは戸惑いながら、2人の近くにいた。
　カナがあたしの右手を握りしめて離さないから。

　恋を見ていた。
　それは、あたし自身の恋よりも、甘い記憶。
　それは森の中で。
　惹かれ合う恋人同士は、少しずつ距離を縮めながら。
　出会えた奇跡を…
　生きることの喜びを、味わってるように見えた。

まどろみの中で

　いつの間にか、鈴華は酔いつぶれて、寝てしまった。
　拓真が鈴華をそっと抱きあげてベッドに寝かせる。
　とても優しく、愛しげに。
　あたしは、お茶のペットボトルを握りしめたまま、横でぼんやり拓真の横顔を見ていた。
　ふと気付いて、拓真があたしを見た。
「なに？」
「…ううん、何でもない」
　鈴華はぐっすり眠ってる。
「惚れそう？」
　そんな際どい質問をしつつ、真顔で。
　なのに、どこか安心感があった。
　なんでだろう。とても安心する。
「惚れないと、思ってるでしょ」
「ん？」
「惚れさせないように、気をつけてる感じ」
　拓真が、一瞬驚いたような顔をして。
　それから、笑った。
「君、いいね。カノジョいなかったら立候補したい感じ」
　あたしも思わず笑った。
「あたしになんか全然興味ないくせに。
　鈴華に夢中って感じ。そういうの、いいな」
　ペットボトルを下に置いて、自分のカバンの紐をたぐりよせた。
「あたし、人の彼氏には興味ないんだ」
　拓真が大笑いする。
「ますます、いいね。送ってくよ」
「大丈夫。１人で帰れる」
「もう暗くなってきたし、ホントに送るよ。

このへん女子大の近くのせいか、夜は露出狂が出るんだ」
…。
　まあ確かにあたしも、初めての道はあまり自信がないしな…。
「じゃ、駅までお願いする…」

「このマンション、24時間管理人がいて、夜はホントに男を入れてくんねーの」
　重く頑丈そうな出入り口の扉を閉めながら、拓真が言う。
「じゃ、どうするの。もう戻った方がいいんじゃないの？」
「もう出ちまったからダメ。
　大丈夫、ブロック塀よじ登れば裏階段に入れるから」
「えぇ？　塀をよじ登っちゃうの？」
「ホント、バカげた規則が世の中多いんだよ。
　入口は厳重、裏はスカスカ」
　拓真があたしを見てにやっと笑った。
「ダテに２浪してねーから。
　人生経験積んじゃって積んじゃって」
　思わずあたしも笑った。

　坂道を下る。夕闇に包まれた街が、綺麗だ。
　住宅街を曲がると、高速道路沿いの広い道に出る。
　鈴華のマンションは、大学にも近いけど、駅もすぐだ。
　１メートル半くらい間を空けて、拓真の前を歩きながら街の灯に気を取られてると。
「ネコちゃん」
　呼ばれたので、振り返った。
　拓真が鼻のあたりを指でこすりながら、考え込むような顔で。
「さっき、妹の彼氏と御茶ノ水のスクランブル交差点で会ったって言ってたよな」
　ちょっと赤くなる。

「あたし、そんなことまで言ってたっけ？」
　気が緩んで、色んなこと言っちゃってたみたいだ。
　東京に来てずっと、気を張ってたから、話を聞いてくれるのが、嬉しかったのかも。
　抱き締められた、とは言ってないと思う…けど。
「御茶ノ水だよな。俺、御茶ノ水のS予備校に通ってたんだよ」
「ふぅん…」
「俺、そいつ知ってるかも。
　君より1つ上で、君と郷里が同じなんだろ。
　そいつは俺を憶えてないと思う。
　俺は普通人のクラスでひと山いくらって感じだったし」
　拓真の物の言い方は面白い。
「ふつうじんの…クラス？」
「もっとすげぇ成績イイやつらのクラスがあってさ。
　そいつらは注目されてるから大体俺も知ってる。きみと郷里が同じ奴がひとりいた。まあ、偶然かもしれんけど」
　あたしは、思わず息をのんだ。
「まさか…」
　そう、夢を見てたような気がしていた。
　あたしはカナが死んでからずっと、膝を抱えて、自分の殻に閉じこもって。
　交差点でカナの彼に会ったなんて、なんだか夢みたいだった。
　幻のように。
　実体を失った、記憶の影のように。
「中岡、だったと思う。中岡…ツクル？そんな名前の」
　息が止まったかと思った。

「ソウ、よ」
「そうなの？　やっぱり同一人物？」
「中岡創……ナカオカ、ソウ」

あたしは、カナを失くしてから、ずっと夢の中にいたような気がしてた。
　なにもかもが、遠く。なにもかもが壁の向こうに。
　記憶の中で、扉が開く。あたしにとって交差点は、扉なんだ。
　忘れたくて忘れられない記憶があたしを揺らす。
　それでも。
　その時あたしは、まだ夢の中にいたかもしれない。
　膝を抱えて、膝に頬をのせて。泣きながら目を閉じて。
　浅く、まどろみながら。

　どうやって、家に帰ったんだろう。
　気付くと自室のベッドの上にいたという感じだ。
　あたしの部屋は、大学から数駅の、駅近くにある。
　拓真は、駅のホームまで送ってくれた。ぼんやりしていたので、よくおぼえていないけど。
　すぐに地下鉄の駅に着いたけど、階段を降りてからの地下道が長くて。淡々と、歩いて、歩いて。改札を抜けて、ホームに着いて。すぐに、電車がきて。
　拓真が何か言いかけた。
「え？　何？」
　駅のアナウンスがうるさくてよく聞こえない。
"お降りの方は足もとにご注意を…"
　電車に乗って。
「何？　もう一回」
　出入り口近くの棒に掴まってから、もう一度聞き返した。
「鈴華に、甘えるといい」
　扉が閉まる直前、そう聞こえた。
　聞き間違いかな。
　鈴華に、甘える？
　鈴華があたしに甘えるんじゃなくて？

大学生活はなんとなく続いてゆく。
　鈴華は、相変わらずあたしにつきまとってくる。
　英語の授業は名簿順に必ず当てられるのに、鈴華は予習する様子もなく。いつもあたしのノートを頼っているし。
　大体、こんな狭い大学の構内を、まだ鈴華は把握できてない。あたしがいないと遅刻欠席だらけになりそう。
　うーーーん…。
　やっぱり聞き間違いだろう。「鈴華に甘えるといい」なんて。
　あたしは鈴華の世話係として目をつけられたわけで。
　カナは身体が弱くて、沢山の薬を飲んで、通院を繰り返していたから。あたしは病人の世話をすることに慣れている。
　ママがいなかったから、家事にも慣れてる。
　年齢より大人びて見える、とよく言われる。
　鈴華と一緒に学食で昼ご飯を食べてると、いきなり頭が「がくっ」と垂れた。あたしは慌てて。
「鈴華ちゃん？！」
「…あ、眠っちゃった。あはは。も〜眠くて。
　昨日拓真が寝かしてくれないから〜」
　そんな…大声で…。周りの女の子たちが、鈴華を指差してひそひそ言ってるんですが。

「御茶ノ水」は、大都会の象徴みたいに感じてたけど。東京に慣れてみると、特に大きくもない駅だ。
　あたしは結局、模試の時以来、訪れていない。東京暮らしといっても、自分の駅と、自分の大学の駅を往復するだけだし。
　地下鉄の駅は、ひっそりと、そこら中にある。
　東京の街は隙間なく、建物や道で埋められてて。
　その下を電車が通ってるなんて、不思議だなっていつも思う。
　この街、広いんだか狭苦しいんだかわからない。
　実家近くとほとんど変わらない淡々とした暮らしだ。

とゆーか、実家のほうが便利だった気がする。実家はすぐ近くにホームセンターがあって、何でもあったんだもん。
　あたしは、まとわりついてくる鈴華と喫茶店でお茶したり。
　学食で「オムカレー」食べたりしながら暮らしていた。
（オムライスにカレーが敷いてあって、何故かホワイトソースがかかっていておいしい）
　その日も鈴華は、オムカレーを半分食べて残した。
　そして、生クリームの載ったプリンを食べながら。
（この子は異常に生クリーム好きなんだ。
　身体の大半が生クリームでできてるんじゃないか？）
「あたしの父親、浪人中は放任だったのに。
　大学入った途端に厳しくなってさあ。管理の厳しいマンションに放り込まれちゃって、ほんとウザいの」
「そうなんだ…」
「表面しか気にしない、汚い大人だよ」
「…」
　拓真が言ってたっけ。入口は厳重、裏はスカスカって…。
「金くれるからいいけどさ。金にもの言わせて若い奥さんもらってさ。ほんとムカつく」
「…お父さんのこと、嫌いなんだね」
「すげぇ嫌い。ホントは母親についていきたかったんだ。
　あたしの母親、浮気されまくってもじっと耐えてさ。
　追い出されるみたいに出てったんだよ」
「お母さん、どうして…」
　どうして鈴華を連れていかなかったのかな。
　つい、そう言いかけて。言うのをためらって黙った。
「やっぱ金じゃん。
　あたしを連れてっても、大学行かせたりできないと思ったんだって。確かに金がなきゃ暮らせないよ。そうなんだけど」
　学食のテーブルにポタポタ涙が落ちる。

ああ、また泣いちゃった…。
「あーつれーよ。
　汚ねぇ金で暮らしてると思うと自分に反吐が出る」
「鈴華ちゃん、えーとさ、あの…」
「ん？」
　顔を上げ、涙でぐしゃぐしゃのまま、鈴華があたしを見る。
「鈴華ちゃんには、優しい彼がいるじゃん。ね」
　鈴華が、目を丸くしてから、しばたたいた。
　ポロポロッ…　溜まってた涙が、こぼれて落ちて。
　それから、いきなり満面の笑顔になった。
　立ち直り早っ
「そうか！　そうだねっ！！」
　そ、そうですか…

　鈴華は、授業中はほとんど寝てるか、ケータイをいじってる。
　毎日あたしを誘ってきて、学食で昼ご飯を食べる。
　うちの大学、出席が厳しいから、あまり休めないんだ。
　授業の後は、毎日拓真と会ってるらしい。よく授業をサボって鈴華を迎えに来る。
　拓真の大学の方が大きくて、出席が緩いみたい。
　あたしは、時々カップルと一緒に遊びに行くようになった。
　普通、恋人同士って２人きりになりたいもんじゃないのかな？　とは思いつつも、鈴華が涙まで浮かべて誘ってくるから。
　公園に行ったり、釣り堀（都心に唐突にある）に行ったり。
　水族館でクラゲを背に写真を撮ったり。
　カップルは、あたしがいても遠慮なく指なんか絡めてる。
　３人というのも案外居心地がいい。既にある温かい人間関係の、余分な＋ONEになる。不思議な安定感。

　懐かしい…　感じ。

いつか封印は解かれる

　火曜日の２限はぽっかり空いてる。
　午後は授業があるので、コンビニでお菓子を買ってきて、空き教室でおしゃべりしながら時間を潰す。

「音子も、彼氏つくればいいのに」
　生クリームがたっぷり入ったシュークリームを食べながら…
無邪気に鈴華が言った。
「彼氏ねえ…」
　正直、全然興味ない。
「妹が死んでから、よほど周りを寄せ付けないオーラ出してたみたいで…」
「うん、大学入っても出てた出てた」
　鈴華があっさり言って、笑う。
「近寄りがたーい感じ。話しかけて来ないで！みたいな～」
「そんなに、バリア張ってた？」
「張ってた張ってた」
　そんな風に見えてた、のか…。全然知らなかったな。
　よく、鈴華は近付いてきたよなあ。
「なんだか心配になっちゃうカンジでさ」
「心配？」
　あたしが聞き返すと、鈴華はシュークリームにかぶりついて、話題を変えた。
「じゃあ、もう全然、男子とは縁がありませんっ！
　ってカンジで来たの？」
　いきなりそっち方面か。
　あたしはペットボトルのフタを開けて、お茶を一口含んだ。
　でも、鈴華にはカナのことを打ち明けてるから、気楽。
「んーーー。高３の頃、告られてさ。
　ちょっと付き合ってみた…カモ」

思い出す。
　あたしはあの頃、闇の中にいて。
"妹さんを失って悲しんでる君をずっと見てた"とか言われて。
　なんとなく、誘われるまま、約束して、２人だけで会ったり。
「そーなんだ？！　へえ、どんな人？」
「おぼえてない…」
　あたしは、左手でこぶしを作って、口元に当て、少し考え込んだ。
「イイヒトだったのかもしれないけど、なんかキモくて…」
「キモメンだったの？！」
　あたしは、言いかけたことを後悔した。
「忘れて。なんか上手く説明できない。ぜーんぜん普通の人だった。優しくて真面目なタイプとゆーか」
　ちょっと思い出す。
　中学からずっと同じ学校だった人で。
　中学の頃から君が好きだった、と言われた時には心が動いたんだ。
「ホントあっという間に別れちゃったの。１か月もたなかった」

　鈴華が、ポリポリと頭をかいた。
「いきなり強引にちゅーでもされたトカ？」
「…」
　この子は鋭いなあ、と思う。
　あたしの言う「キモい」の意味が伝わってるみたい。
　…でも、ちゅー以前の問題。
　肩に手が回されただけで、正直ぞっとして。
　はやく帰りたくて帰りたくて。
　２回会っただけで、これはダメだと思って。
"もう会えない。受験に専念したい"ってメール書いた。

彼はしつこくして来なかったけど、その後卒業まで徹底的に避けられた。
　傷つけちゃった…ってしばらく落ち込んだけど。
　正直、ほっとして。
　あたし、付き合うとか向いてないかも…と思った。

「多分ね、妹とべたべたしすぎたんだと思うんだ」
「はぁ？！」
「カナってすごく柔らかくてさ、肌なんかすべすべで」
「…音子、今すごくアブナイこと言ってると思うけど」
「だって、あたしたち毎日一緒に寝てたんだもん。抱きあって」
「えぇ？！」
　鈴華が、叫んでから口を押さえて、周囲を見回した。
「すごいね、それ。双子ってそういうものなの？」
「他の双子は知らない。でもあたしたちはそうだった」
　そういえば、初ちゅーはカナだった。
　さすがに大きくなってからは、たまにしかしてなかったけど。
（たまにしてたんか！←自己ツッコミ）
　とゆーか、カナとしかしたことないや。ははは。
（笑いごとではない、カモ）

「鈴華は？」
　ふと気付いて、鈴華に話を向ける。あたしなんかより、鈴華の方が、話すことたくさんありそうじゃない？
「あたしはそりゃ、えっと…小5くらいからいつも彼氏いたし」
　ぶっ…。
「小5〜〜？！」
　唖然とする。

あたしも、カナも、小5なんてえーと。
　彼氏いる子の噂はあったけど、自分は無縁な気がしてた。
「そんなのふつーじゃん？
　でもまあ、スルことシタのは中学入ってからだけど」
「…はぁ、そですか…」
　スルことシタって…。
　あたしは目の前の鈴華の子供っぽいニコニコ顔を見ながら。
　ちょっと頭の中が真っ白になったような気がした。
　あたしは中学なんてもう、可愛らしいものだったけど…
　不意に、階段の踊り場から見た光景が。
　映画のワンシーンみたいに、フラッシュバックする。
　カナは———恋人がいたんだ。
　心臓の鼓動が、急にドクンと跳ねた。
　でも、カナと彼が2人きりで出掛けることなんて、ほとんどなかった。カナは心臓が悪かったから。
　いつも、病院や、家のリビングや。
　すぐ近くの公園で2人は時間を過ごしていて。
　3人でいることも多くて。
　あたしが席を外そうとすると、カナが呼ぶから。
　今更、ドキドキしてきた。
　あたしはもしかしたら、すごく2人の邪魔になってたのかな。

「音子？」
　名を呼ばれて、あたしは、はっとして顔を上げた。
「ごめんね、色々聞いちゃって」
　鈴華が、泣きそうな目で、あたしを見てる。
　うるんだ大きな瞳は、カナを思い出させる。
　そう、いつもカナは、うるんだような漆黒の瞳で。
　その目にみんなやられる。あたしも、含めて。
　同じ顔の造作のハズなのに、あたしと全然違う。

なんだろうなあ、これって。
　多分、愛されるために生まれてきた女の子がいるんだと思う。
あたしは鈴華の中にも、カナと同じものを感じているんだろう。
「ううん、鈴華のせいじゃないよ。ちょっとぼーっとしただけ」

「…彼氏、つくればいいのに」
　鈴華が、ぽつりと言った。
「どうして？」
「なんかそんな気がする。拓真に誰かいい人紹介してもらう？」
　恋に生きてる子はそう思うのか。
　あたしはちょっと苦笑した。
「あたしね、高校の頃は彼氏いたしね。
　拓真はただの先輩で、付き合うとかは全然」
「…ふぅん」
「拓真も彼女いたしね」
　鈴華はチョコレートをぱきっと割って、ひとかけ口に入れた。
「東京に来た時、初めて彼氏と切れてて。
　いつも付き合い始めって彼氏かぶってたし」
　おいおい。と思ったけど。
　鈴華はいつになく真面目な顔をしてて、突っ込めない。
「拓真も、高校時代のノリで先輩後輩っぽくてさ。
　てっきり前の彼女と続いてると思ってたしさ」
「そっか。東京来てすぐ付き合ったわけでもないんだ…」
「あたし、中学でも高校でも、告られたらなんとなく付き合ってさ」
　鈴華が、目線を落としながら言う。
「付き合うってこんなもんなのかなーって思ってたんだ。
　スルことスルと、好きになっちゃうってゆーか」
　そういうものなの？　あたしには、よくわかんないけど。

「好きじゃないのに、しちゃうの？」
「う〜ん。まずさあ、好きだって言われると舞い上がっちゃうじゃん。で、なんとなくいーかなって。
　そんでスルと、ホントに好きになっちゃうってゆーか」
　思わず鈴華を見ると、真顔（まがお）だ。
「じゃ、好かれればみんな好きになるんだね。いいかも」
「よくないよ」
「そうなの？でもお互い好きになって、ハッピーエンドじゃん」
「続けばね」
　あ、そうか…。
「続かないのよ。半年以上続いたことなかった」
　鈴華は、ちょっと悲しそうな顔をしたかと思うと、急に顔をほころばせた。
「でも、今回は違うの。今までとぜんぜん違うのっ！！
　しばらく、ただお友達みたいにしててさ。いきなり！
　いきなり、好きだあ！！って思ったの」
「へ？」

　鈴華がいきなり立ち上がると、コーフンしながらあたしにぎゅうっと抱きついてきた。
「す、鈴華、いたい…」
「好きだああああ！！って。わかる？？　なんかねえ、木からリンゴが落ちて引力の法則見つけたの、アリストテレスだっけ？？」
「ちがうと思うけど…」（※ニュートンです）
「とにかく好きだあああ！！って。発見したの！！」
　痛い…かなり痛い。
「すごい嬉（うれ）しかったんだ！！」
「嬉しかったんだ…」

51

「でね、拓真に好きですっつって」
「はぁ…」
「初めて男に自分から告った！」
「す、すごいね。でも痛いよホント」
「拓真も、彼女ととっくに別れてたの。でもってあたしがまだ前の彼と続いてると思ってたんだって！！
　嬉しくって、2人共感極まって泣いちゃった。そんでね」
　鈴華が首に回す力が少し、緩んだ。
　そして、耳元で囁くように。
「好きになってからしたら、めちゃめちゃよかったの！」
　ズル。
「あれ、音子、どしたの？」
　鈴華が手を放して。
　今、手を放されると…。
　グシャ。
　テーブルに、折れるかってくらいの衝撃で。
　…鼻を打った。

「ごめん音子〜〜〜。痛かった？」
　あたしが右手で鼻を覆いつつうめいていると、鈴華が、うるうるした目であたしの顔を覗き込んだ。
「鈴華ちゃん…。ちょっと、あたしには刺激が…」
　強すぎです…。
「ごめん〜。そっかー、音子はあんまり男経験ないんだもんね」
　あんまり、じゃなくて。
　なんにも、です…。
「あたし、物ゴコロついた頃にはしてたからさあ…。
　どういうのが刺激強いのかワカンナイつーか。ふつーのアレの話くらいなら刺激強いとも思わずに話しちゃうんだよね」

ふつーじゃないアレってなんですか…。
　あ、あんまり深く考えないことにしておこう。

「だからね、音子も、彼氏つくんなよ」
　いきなり、あたしに振られても。話つながってないよ。
「好きになってから付き合えって話じゃなかったの？」
「好きな人いるんでしょ？」
　ドクン。
　…一瞬、心臓が跳ねたような気がした。
「…いないよ」
「ホントに？　音子はきっといると思ったんだ。
　好きな人がいるなら、絶対、絶対…」
　鈴華が大袈裟に両手にこぶしを作る。
「しろ、と？」
　ズル。ゴン。
　今度は、鈴華が前に倒れた。
　けっこう今、痛かったんじゃないかなあ…。

　たっぷり３秒後。
　鈴華は、怒ってるんだか笑ってるんだかわからないような顔をずいっと上げて。
「いくらあたしでもそんなこと言わないよ！」
「そっかごめん…」
　鈴華がもう一度、両手にこぶしを作ってあたしの方に乗り出して。

「告りなよ！」

　あたしと鈴華は。
　しばらく睨み合うみたいに見つめ合っていた。

第3章
ひとときの、永遠の。

いつまでも　コーヒーが冷めるまでじゃなく　いつまでも
いつまでも　時の果てるまで　話していたかった
今まで生きてきたさみしさの答えを
あなたとの会話の内　見出したかった
死んでも消えないような　幸福の極みを
刻印したかった　誰も読めない宝の地図みたいに
ある時の　ある場所にしか存在しない

ひとときの　永遠の　幸福

そして廻りはじめる

その日は、午後の授業が休講で。
鈴華は拓真の部屋に行くと言うので、途中まで一緒に地下鉄に乗って。
「一緒に行こうよ〜」と言われたけど、さすがに遠慮して。
あたしはJRに乗り換えて「御茶ノ水」で降りた。
英文学の課題図書をメモした手帳を手に。
御茶ノ水には、洋書の充実した本屋さんがあると聞いて。
洋書なんて、買ったってどうせ読まないんだけど、授業で使うからなあ。授業中、ちゃんと机に置いてないと単位もらえないって噂があるし。
人の数に比べて狭い駅のホームを、必死で歩いて、階段を上ると、改札。
御茶ノ水駅、久しぶり…。
東京に少し馴染んだ今、前より駅前が小さく見える。
このスクランブル交差点も、随分と小さい。
ゆっくり、ゆっくり歩いて、交差点に近付く。
交差点は…
　　　　　…あたしの、扉。

あたしは、交差点をゆっくりナナメに渡り切って。
密かに、深呼吸した。
バカみたい。この交差点に、何かあるわけじゃない。
あの日、あたしがあまりにも苦しかったから、錯覚したような気がする。
抱き締められた気がした… 幻を、見たんだ。
カナはもういない。
人は死ぬと、記憶の中にしか存在しなくて。
幻との境目が…消えて…
触れたことも。愛したことも。

いつか消えて。けむるように消えて。
　あたしは、スクランブル交差点に振り返って、ぼんやりと、車の流れを見ていた。
　青が、赤に。
　赤が、青に。
　車が止まり、人波がまた、交差点内に溢れだす。
　あたしも、来た道を戻るように、また交差点を渡り始めた。
　あたしは、どうしてここにいるの？
　カナは、もういないのに。
　カナこそが、本物だったのに。

　現実(リアル)と夢の境目はどこにあるの？
　幻と現在(イマ)の境目はどこにあるの？
　生と死の境目はどこにあるの？
　あたしは…　　　ここに、いるの？

　あたしは、待っていたんだと思う。
　会えるような気がしてた。
　宝石箱(ほうせきばこ)をひっくり返したような、この街(まち)には。きっと奇跡(きせき)だって、無造作(むぞうさ)に転がっているはず。
　交差点を渡り切って、御茶ノ水駅のすぐ前に着く。
　そして、うつむいていた顔をあげると。
「彼」が…　　　　　いた。
　口元だけのアルカイックスマイル。
　慈悲(じひ)のような、無表情のような、何かを赦(ゆる)すような。
「創くん———」
「久しぶり、音子」
　変わってない。いや、少し違う。昔より大人びて。
　カジュアルだけどどこか品のある、タータンチェックのシャツとジーンズ。

「すごい、偶然」
　言いながら笑おうとしたけど、泣き笑いみたいになってしまった。
「待ってた」
　創くんは、そう言って、あたしの横に並ぶと。あたしの肩を軽く抱いて、歩きだした。
　つられて歩きながら、横顔を見上げる。
　待ってた？
　そんなはず、ない。
　あたしがここに来ることを、知るはずがないもの。

　中岡創(ナカオカソウ)。
　創くん、とあたしもカナも呼んでいた。カナの、彼だった人。
　ううん、今も、あたしにとっては、カナの彼だ。
　変わってない。あの頃からマイペースで。
　カナだけじゃなく、女の子の肩を抱いて、どんどん歩いて行っちゃう人だった。
　神保町(じんぼうちょう)方面へ向かう坂道をしばらく降りて。
　楽器店の横の階段を降りてゆく。
　先に階段を、数段降りて。創くんが振り返って、当たり前のように手を伸ばした。
　思わず、赤くなる。あたしは、カナじゃないのに。
　お姫様みたいだったカナは、こういう時ふわっと笑って。
　背筋(せすじ)を伸ばして、創くんの手に自分の手を載(の)せるんだ。
　あたしは、断ることもできず、おずおずと手を伸ばして…
　地下にある小さな喫茶店に案内された。

「種明(たねあ)かし」
　狭いけど座り心地(ごこち)のいい椅子に座って…
　向かい合ってすぐ、創くんが言った。

「あの交差点のすぐそばに、ファストフードショップがあるだろ？　2階の窓際(まどぎわ)に、俺、いつもいるんだ」
「あたしが、見えたの？」
「来るんじゃないかと思ってた。でも本当に見つけ出せるか自信なかったんだけど。
　毎日毎日、ぼんやり交差点を見てた」
「…どうして」
　あたしは目を伏(ふ)せた。なんだか、息苦(いき)しい。
「会いたかったから」
　思わず顔を上げる。
　創くんは…　笑ってる。
「音子を見つけて、慌(あわ)てて店を飛び出してきた。
　よかった…会えて」
「…どうして」
「遠くから見ると、カナとよく似てる」
　会いたかった？
　会えてよかった？
　────カナの面影(おもかげ)を、求めて？
「心配だった」
「心配？」
「消えちゃいそうでさ。1年前も……今も」
　何を言ってるの？
　意味が解体されて、バラバラになって。拡散して、ぼやけてゆく。
　カナはもういない。あたしは、カナの影。
　あたしの前にいるのは、カナを探(さが)してる、カナのこいびと。
　周囲がぼやけて、滲(にじ)む。
　あたしと創くんの間にいて、両方と手をつないでいたカナ。
　カナがいなくなって…創くんの前で。
　あたし、どんな顔をすればいいのか、わからないよ。

この街は、坂が多い。人混みを抜けると、木々の立ち並ぶ静かな坂道。生い茂る緑が、故郷を思い出させる。
　喫茶店を出て、２人、ゆくあてもなく歩く。
「俺の大学、この近くなんだ」
「Ｍ大？」
「いや、駅の反対側にある医大」
　あたしには想像もつかないくらい、難しそうな大学。
「医大は系列があるからね。同じ国立なら、もっと地元に近いところに行けって、親は最後まで渋ったけど」
「そうなんだ…」
「でも、大学だけは自由に選びたかった。
　…いや、自由とは言えないな。限定付きだ」
　創くんが、ちょっと遠い目をした。

「でも、創くんの噂は時々聞いたよ。
　よく学校サボってたでしょ」
　高校でも、創くんの噂は、学年を超えて飛び込んできた。
　不良、というのとも違うんだけど…
　成績がずば抜けてるのに、超マイペースなお坊ちゃん。
　いつでも話題の中心だった。
「俺が学校サボったことくらいで、噂になるんだ」
　創くんが笑う。
「単位取れるギリギリしか学校に来なくて、町をフラフラしてるとか。英語の先生と喧嘩して、先生胃を壊して学校辞めちゃったとか」
「辞めてない辞めてない。鈴木だろ？　ちょっと長く休んでたけど、夏休み明けにちゃんと来たよ。あいつのテスト手抜きなんだよ。丸暗記させて穴開き問題出すんだぜ？」
　中学の頃からだけど。

大病院の院長の息子で。物怖じしない性格で、中学でも高校でも生徒会長なんかやってて。
　勿論、すごーーーくモテてたし。
　怖いものがない人みたいに見えた。
　創くんがいると、学校がどんどん変わっていくんだ。
　この人にできないことなんて、ないんじゃないかと思った。
　生まれつき恵まれていて、何もかもが手に入る人がいるんだって…
　カナも、そうだった。誰よりも可愛くて、成績もよくて。
　明るくて、皆に愛されて。
　そんな２人がカップルになった時、みんな妬んで羨んで騒いだけど。
　───みんな、幸福を願った。
　ずっと幸せでいて欲しいと願うような、２人だったんだ。
　でも。カナは心臓が悪くて、命を失い。
　創くんは、カナを失った。
「俺も、音子のことは見てたよ」
　創くんがぽつりと言う。
「あたしのことを？」
　すごく、意外な気がした。
「声はかけづらかった。
　俺が変な注目浴びてることは知ってたし」
　カナが亡くなって以来ずっと、注目の的だったもんなあ。
　妹が亡くなって、双子の姉と仲良くしてたら、まさにえーと、有名な漫画の…"タッチ"だっけ？
　友達に借りて文庫で読んだ。男女逆だけど。
「でも、音子が学校に来てるかどうか、様子がおかしくないか…葉月に聞いたりしてた」
「葉月って…ああ…」
　あたしと一緒に、高２の終わりに、模試を受けた子だ。

そんなに仲はよくなかったけど、何かと気にかけてくれたクラスメート。
「そういえば、葉月ちゃん、生徒会役員してたね…」
　ああ、だからあの時、交差点で。
　曖昧になりかけてた記憶が、急に鮮明に蘇る。
「去年の春、交差点で、会った？」
　創くんが、坂道の途中で立ち止まってあたしの方を見た。
「うん」
　あたしも、自然と立ち止まる。
「春休みにこっちに引っ越してきてた。
　もう予備校の春期講習始まってたからさ。予備校の寮に入って、毎日御茶ノ水に通って」
　創くんが、あたしを見てる。
「春休みに来ることは葉月に聞いてた。でも時期までは聞いてなかったから…音子を見つけて、びっくりした」
「あ、あたしも…びっくりした。あんないきなり」
　顔が見られない。
　うつむきながら、歩きだす。
「カナのお葬式以来、会ってなかったし」
　カナ、という言葉を口にした途端に、胸に痛みが走った。
　この痛みはなんだろう。
　生涯あたしに刺さったままの棘だろうか。
　いやそれとも、ナイフだろうか。傷口が痛みよりもむしろ…熱い。…灼けるように。
「お葬式じゃないよ。火葬場だ」
　思わず、振り向いた。

　創くんの表情が読めない。そう、昔からいつも落ち着いていて、アルカイックスマイルを浮かべてる。
　笑みのようで笑みでない、遠くを見てるような。

同じ痛みを知るひと

「音子が、火葬場で過呼吸を起こして。
　あの時はちょっとした騒ぎになった」
「そう…なんだ」
　あたしは、よく憶えていないんだ。
「顔が真っ白だった。今にも倒れそうでさ。
　でもおじさんもすげぇ苦しそうだったし、周り中みんな泣いてて。心配で近くにいたんだ。そしたら本当に倒れちゃってさ」
「あの時、創くん、いたんだ…」
「火葬場は普通は親戚しか入れないけど、音子が心配で入れてもらってさ。視点が全然合ってなくて、顔が真っ白で。
　今にもどうにかなっちまいそうだったから」
　隣にいた人が、肩を支えてくれたのを、おぼえている。
　創くんだったの？

　あの日からずっと、今まで、記憶が曖昧なんだ。
　カナが煙になった日、意識が途切れたまま、その後何をして暮らしていたのか、ほとんど思い出せない。
　泣きながら眠って、目覚めるとなんとなく着替えて。
　学校も休みがちで。…抜け殻、みたいに。
「創くんだって、つらかったのに」
　そうだ。
　まだ、未来が遠く果てまで続いているうちに、あんなに大切にしていた恋人を失ったら、どんなにか苦しいだろう。
「…つらかった。でも」
　創くんが優しい目であたしを見てる。
「音子はもっとつらかったと思うよ」
　急な坂道。
　あたしが坂の上側で、創くんが坂の下側で。

しばらく、あたしたちは見つめ合っていた。
「ずっと心配だった。音子がいつもつらそうで」
　妹を失ったあたしと。恋人を失った男の子が。
　同じ痛みを…
「泣いてもいいのに」
　共有、してる。

　涙が、溢れてきた。すごく、すごく、安心する。
　泣きたかった。
　とても泣きたかったんだ。赤ちゃんみたいに声をあげて。
　嗚咽が喉の奥からこみあげてきて。
　喉を引っかかることなく、滑って、流れだす。
「…っく…うっく…」
　両手で顔を覆う。
「…カナが…っく…死んじゃったの…」
「…うん」
　もう、2年も経ってるのに。
　まだあたしは、同じ場所にうずくまってる。
　カナが煙になったあの日から、時が止まっていたんだ。
　止まっていた時が———今、流れ出したような気がする。
「カナがね、カナが…カナがいないと…あたし…」
「…うん」
「カナが…カナさえいれば、あたし…あたしは…」
　いなくても、よかったのに。
　不意に目の前に、影がかかる。暗くなる。
　創くんの手が、あたしの首元に置かれて。
　迷いのない力強さで、引き寄せられる。
　眩暈みたいに世界がぐらりと揺れる。
　抱き締められる瞬間。
　何故だろう、身体は拘束されてるのに。

どうしてこんなに、自由な気がするのかな。
とても安らかで、自由な。

痛いくらい強く。
しばらく、抱き締められたまま。
数十秒ほど経って。創くんがそっと腕の力を抜いた。
あたしはそっと、腕の外に放された気がした。
着地した、と思った。
ああ、そうか。
抱き締められてた間だけ、あたし、引力から解放されてたみたいだ。
ヘンな、感じ。悲しみを共有すると、身体も、近く感じる。

「…創くんって」
あたしは、創くんを、見上げて、つい。
「女の子が泣いてると、誰でも抱き締めちゃうの？」
ゴホッ…
咳込むような音がして、創くんがむせた。
「いや、そういうわけじゃないけど」
「あ、女の子に限らないか。男の子も？」
「いや、それはもっとない」
創くんが、自分の右手のひらをじっと見て、苦笑した。
「どうも、先に手が動いちゃうんだよな」
「そういえば、カナに告ってすぐ、キスしてたね」
あたしを見て照れ笑いする。
「そうか、見られてたんだ。……参ったな」
「カナをとられた気がして、悔しかったなあ」
「とってないよ。カナは音子から離れないし」
「あたし、いつも２人の邪魔してた」
「邪魔じゃなかったよ。３人で…楽しかった」

ああ、こんな会話だけで、涙が出る。
「戻りたい」
　創くんが、あたしの肩に手を置いた。
「戻りたい。カナのいたあの頃に」
「うん」

　カナがいる時は、よく３人で遊んでた。うちのリビングで、カナの部屋で。放課後の中学校の図書室で。
　病院近くの、何百年も前からたってる大きな木のそばで。
　カナが入院して、会える場所は病院に移り。
　よく、病室でたくさんおしゃべりした。
　あたしが気を遣って席を外すと、恋人同士はそっと指を絡めて。カナの身体に気遣いながら、そっと抱き締め合っていたことを知ってる。
　大事な、この世の何よりも大事なもの。
　創くんの指先から愛情がこぼれ出すみたいに見えた。
　病室のドアについた小窓から見えて。そっとドアを離れて、壁に寄り掛かって。泣けて。
　何故、涙があふれてくるんだろう。
　カナが長くないことを予感していたから？

「また会おうよ」
　創くんが、うつむくあたしを覗き込むようにして、言う。
「音子が東京の大学に決まったって、職員室でちらっと聞いたんだ。俺が大学決まって、報告に行った時に、他の先生たちが話してた」
「そうなんだ…」
「大学名は聞けなかった。
　俺が聞いたってこと、音子に知られたくなくて」
「どうして？」

「逃げられそうで」
　創くんが淡々と言った。
「逃げられる？」
　あたしは、ちょっと可笑しくなって、笑った。
　でも、創くんは真面目な目をしてる。
「そう、逃げられると思って」
「べつに、あたし、逃げたりしない」
　あたしはそう言ってから、視線を落とした。
　でも。
　創くんは、カナの彼で。カナのいない今、会う理由がない。
　もし、創くんがあたしを探してると聞いたら。
　あたしはどうしたかな。
　わからない…

　でも。創くんを前にすると、言葉がすんなり出てくる。
「カナのこと、話せる人がいないの」
「…うん」
「あたしね、カナのこと、忘れたくないの。もっともっと、カナのこと、話したい」
「…うん」
　大切すぎる人を失った時、周囲の人は、痛みに触れぬよう、気を遣ってくれて。
　誰にも話せない。
　本当は、話したかった。
　泣いちゃうかもしれないけど、泣きながら話したかった。
　死んじゃって苦しい、ツライって言いたかった。
　パパはママを喪った悲しみも癒えていなくて。
　あまりの痛みに、あたしとも向き合えなくなっていた。
　一緒に食事も摂らなくなり、連絡もなく帰らない日もあった。
　家族は壊れてしまっていた。

死によって、機能が停止した家で、あたしはただ、眠って。
泣いて、眠って。
泣いて。

「だから、会おうよ。俺たち、会った方がいい」
　あたしは、顔を上げた。
　そう言ってくれるのを、あたしは待ってたのかな。
「カナのことを話そう」
　あたしの、ために？
「心配してくれてる？」
「俺が、会いたいんだよ。だからずっと待ってた。
　しょっちゅうあの場所にいれば、いつか会える気がして」
「あたしが、また来るとは限らないのに」
「きっと来ると思って。授業のない日はいつもあの場所に。
　いや、授業があってもあの場所に」
「サボって？」
「そうとも言う」
　あたしは、思わずくすっと笑った。
　この人の目に、あたしはどう見えてるんだろう。
　カナの面影を見てるのかな。カナの面影を残すあたしが壊れてゆくのを、見たくないのかな。

「カナのこと、また話せると嬉しい…」
　あたしが、言うと、創くんが笑顔になった。
「…よかった」
　腕を伸ばして、伸びをする。
「1年はやく東京に来たからさ。案内するよ」
「…東京タワーとか？」
「ああ、いいね。夕方のぼると綺麗だよ」
　真顔で言われると驚く。

「冗談だったのに。浪人中、東京巡りしてたの？」
「俺は単語や公式は歩きながら覚えるんだ。
　東京タワーは6回のぼった。歩いてのぼるのが通なんだよ」
「…すごい」
　あたしは、笑った。

　…不思議な日だった。
　その後も、あたしたちは沢山、カナの話をした。
　話してるうちに、涙がこぼれて。でも、創くんと話す時は、泣いてもいいんだ。必死で涙をこらえたり、しなくてもいい。
　それって、なんて自由なんだろう。

　あたしたちは、線路の上を渡る橋の上で話して。
　ちょっと混んだパスタ屋さんに入って。たくさん話して。
　泣いて、笑って。

　そう、思い出は悲しいばかりじゃないんだ。
　楽しかったこと、面白かったこともたくさんあった。
　思い出して、笑い転げたりもして。
　創くんは、大学から歩いて通える小さなアパートに住んでると言って。あたしの部屋まで送っていくと言うのを断って。
　連絡先を交換して。

　改札で手を振って別れた。

このへんにいるから。
「ネコ？」
　鈴華に呼ばれて、顔を上げる。
「ぼーっとしてる。大丈夫？」
　いつもぼーっとしてる鈴華に言われるなんて。
　相当ぼんやりしてたのかなあ、あたし。
「大丈夫」
　少し早めに大学に来たので。学食の片隅(かたすみ)で来週提出のレポートを書いていた…　つもりだったんだけど、白紙のままだ。
「なんか楽しそう」
「そう？」
「いいことあったでしょ」
　鈴華があたしのすぐ隣に座って、顔を覗き込んだ。
　鈴華は、鋭い。
　でも…　隠すことでもないような気がして。
「昨日、妹の彼氏に会って…」
　あたしは御茶ノ水での出来事を、ざっと鈴華に話した。
　偶然(？)、交差点(こうさてん)で会って。お茶したり、ぐるぐる歩き回ったりしながら、ずっと話していたことを。
「ずーっと話してたの？　昼過ぎから夜までずーっと？？」
「うん」
　鈴華が目を丸くしてる。
「へえ…。付き合うの？」
「えっ」
　あたしはびっくりして鈴華を見た。
「全然付き合うとかじゃないよ〜」
「だってネコ、すごく楽しそうだし」
「ただの友達だよ」
　友達というより、カナの彼だけど。
「また会うんだ？」

「…わかんない」
　昨日創くんは、"また会おうよ"って言ってた。
　…一晩経ってみるとなんだか、現実味がないけど。

　鈴華があたしの正面に座って、ぐぐっと乗り出してきた。
「恋愛感情とか、ないの？」
「ぜんぜんない」
「へぇ…」
　鈴華が、じっとあたしを見る。何か言いたそう。
「でもさあ、鈴華だって…
　あたしと拓真くんが付き合いだすとか思わないでしょ？」
「いやまあ、そうだけどさぁ…」
　鈴華が考え込むように前で腕を組んだ。
「なんか違うような気がするけど」
「違わないよ。創くんは、カナの彼氏だもん」
　あたしは、鈴華に言ってるうちに…
　なんだか自分でも確信が持ててきた。
　そうなんだ。あたしは、創くんに好感を持ってるけど、好きにはならない。彼はあくまでも、カナの彼氏なんだよ。
　カナのことを話してたら、嬉しくて泣けてきた。
　たくさんカナのことを話して、泣いて。
　泣いて笑って泣いて。
　昨日だけで、あたしはびっくりするくらい、元気になった気がする。
「そりゃ、音子のことは信用してる。
　拓真と２人で会うこともないだろうけどさ。もし会ったとしても、あたしのこと裏切ったりしないと思う」
「そうでしょ？」
　あたしにとって、鈴華はすごく大事だ。裏切るわけがない。
　あたしは拓真のことは友人として好きだけど…

70　　さよならは時に雨と同じ

それは鈴華をすごーく大事にしてるからだ。
　拓真が鈴華を裏切るようなことがあったら、いっぺんに嫌いになりそう。
　ほら、テレビに出てくるタレントさんだって…彼女や奥さんを大事にしてる人の方が人気あるでしょ？
　だから、カナを大事にしてる、創くんが大事…。

　あたしが深く納得してると。
　鈴華があたしに気遣うように、ぼそっと。
「でもほら、拓真にはあたしがいるからであって…」
「創くんにはカナがいるもん」
「でも妹さんはもう——」
　鈴華が言いかけて。
　あたしは一瞬、頭の中が、真っ白になった。
　しばらく、水を打ったような沈黙。
　少しずつ…　あたしの身体がカタカタ震え出して。
　押さえようと、両手で両肘を抱いた。
　すると小さなつんざくような悲鳴が、耳元で鳴り響いた気がして、あたしは、慌てて両耳を塞いだ。
　ぽたぽた、ぽたぽた…
　涙が溢れて、溢れて、テーブルを濡らしてゆく。
「ごめん、音子」
　鈴華の慌てたような声が聞こえた。
「ほんとごめん…」
　気が付くと鈴華はあたしの隣に来て、肩を抱いてくれていた。
「あ、あたしこそ…　ごめん…」
　何を取り乱しているんだろう。もうカナはいないのに。
　もう２年以上も経つのに。
　しばらく、鈴華はあたしの肩を抱いたまま、黙っていた。
　あたしも何も言えずに。

カナの告別式の時に流れていたピアノ曲のメロディが頭をよぎる。あれはショパンのノクターン。カナの好きな曲。
　そう、落ち着かなきゃ。落ち着こう…

「…あのね、ちょっとわかるような気もするよ」
　鈴華が、あたしの肩に顔を押しつけるようにして。
　カナみたいだ。カナもこんな風にいつも、あたしの肩に顔を押し付けてた。"おねえちゃん"って言いながら…
「あのね、あたし昔、犬飼ってて」
「犬？」
「あああごめん、一緒にして申し訳ないんだけどさあ…
　でもホントあたし、その犬、溺愛してたんだ。ベッドに入れちゃダメって言われても、毎日毎日一緒に寝ててさあ」
「そうなんだ…」
「ほんっとーに可愛かったの。あたしの一番の親友。
　うち、親が仲悪かったし。小さな頃から、犬だけがあたしと一緒でね。もうべったりで…。中学の頃、その犬死んじゃったんだけど、もう死ぬほど泣いてね」
　そう言いながら、もう鈴華は目に涙を浮かべてる。
　あたしも泣けてきて、思わず手で涙をぬぐった。
「まだこのへんにいるような気がするんだ」
　鈴華が、あたしと反対側の空間に片手を伸ばして。
　掌で空間に円を描いた。
「死んだなんて信じてないもん。あいつはいるんだもん」
「うん…」
「だからうん、わかるよ。犬と一緒にしたら怒る？」
　あたしは首をぶんぶん振った。
「ダイジョーブだよ。妹はいるんだよ。チョビもいるし。
　あ、あたしの犬チョビって名前なの。
　ママが"動物のお医者さん"って漫画のファンだったから」

鈴華があたしの首に手を回した。
「いいんだよ、それで。
　妹さんはいるし、あたしもいるよ。ダイジョーブ」
　ぎゅっと抱き締められる。
　あったかい…

「あいしてる」
　囁(ささや)くように、耳元で。
　言葉(ことば)が、記憶(きおく)の中のカナと重なって。混じって、溶(と)け合う。
「…ありがとう」

　胸をさらってゆく想いは。
　痛みだけじゃない…

運命は、出会う前から。

創くんと御茶ノ水で会ってから、一週間。
メールも来ないし、あたしも出すこともなく。あれきりで、途切れてしまうのかな？
でも、それがいいのかもしれない。

あたしの「＋ONE」の暮らしは続いてる。
あたしは、鈴華と大学内でいつも一緒で。授業の後も、時々カップルと一緒に遊びにゆく。
その日も、一緒に映画に行った。
一応気を遣って、カップルとは離れたシートに座ったりして。
でも観終わると、３人で連れ立ってご飯食べに行って。
鈴華と一緒に盛り上がって、観た映画のことを話す。
拓真は近くで、ニコニコと女たちの話を聞いてて。
じゃあねって駅でカップルと別れたりして。
寄り添う拓真と鈴華に見送られると、物淋しい…というよりは、なんだかほんわかと嬉しくなるから、自分でも不思議。
変な関係かなあ？　けっこう居心地いいんだけど。

あたしは２人と別れてすぐ、地下鉄に乗って。
数駅で、自分の最寄駅に着いて。人の流れに乗るように、地下道を歩いた。
ウイークデイだから、サラリーマン風の人が多い。
みんな、待つ人のいる家に帰るのかな。
世界中のカップルが幸せでいてくれるといいなと思う。
カナも、あのまま───幸せでいてくれる、筈だったんだ。
地下道は迷路みたいに枝分かれして、出口へ続く道は、あたしひとりになった。
静かだ。
蛍光灯の下、あたしは、ふとナナメ上の中空を見上げる。

鈴華の言う「このへん」に…今もカナはいるのかなあ？
　夜の地下道は、ひっそりとさびしい。
　誰もあたしを待たない———

　狭くて長い、出口に向かう階段をのぼっていると。
　♪♪〜♪〜
　メールの着信音が入って。
　あたしは階段の途中でケータイを開けた。
　鈴華だ。ひとり別れて帰るあたしを気遣ってなのか、鈴華はよく、別れた後に他愛ないメールをくれるんだ。
　あたしは本文を開いた。
　"月がきれいだよん、（´▽`)/"
　月？
　階段の上の方を見上げると、ちょうど切り取られた夜空に、三日月がぽっかり浮かんでる。

「うわぁ…」
　思わず声を上げて、階段を急いで上る。
　都会だから、空気も悪くて、地上に光も多くて。星はほとんど見えないけれど、月は…
　あたしは階段をのぼり切って、地上に出た。
　静かな都会の夜。ビルの上に、三日月。
「キレイ…」
　鈴華は、拓真と一緒に、今この月を見ているのかな？
「音子」
　背後からの声に、びくっとして振り向く。
「創くん…」
　地下鉄の出入り口に、軽く寄りかかってる。
「どうして、ここに…」
「待ってた」

待ってた、といっても。
 こんな何もないところで…
「いつから？」
「そんなに長くないよ。2時間くらい。
 月を見ながら、音楽聴いたりして」
「…」

 創くんと、連絡先を交換して一週間。
 なんだか、ためらいがあって、メールできなくて。
 創くんからも、メールも電話も来なくて。
 このまま、会うこともももう、ないのかなあって思ってた。
「どうも、直接会わないとダメな気がして」
 ダメ？　なんだか、言葉に現実感がない。
「別に、普通にメールくれればよかったのに」
 メールが来たら、あたしは、普通に。
 返事した、だろうか。
 ───わからない。
「昔からそうだった。いつも…」
 創くんが、微笑んだ。
「音子って、ここにいてはいけないんじゃないかって、顔して」
「そんなこと…」
 あたしは少し、言葉に詰まって。
 でも、確かに。あたしって邪魔なんじゃないかなあって。
 いつも余分で。
 いてもいなくても同じなんじゃないかなあって。
 誰にも気付かれず、誰にも求められていないような、そんな気がして…
「だから、待ってた」
「あたしのことなんて…」

待ってても、しょうがないのに。
　そう、言いかけて、自分でウザさにうんざりして、黙って。
　ちょっと頑張って笑顔を作った。
「創くんに、心配かけてるんだ、あたし」
　カナは高校には、ほとんど通ってないから。
　高校では伝説の美少女って感じだったし…。
　創くんは、"病弱な美少女を一途に想うイケメン生徒会長"
として。そしてカナが亡くなってからは———"愛する彼女を
喪(うしな)った悲劇の人"として。
　学校中の注目を浴(あ)びてた。時の人だった。
　毎日、創くんの噂話(うわさ)が入ってきてた。
　ぽつんと教室の片隅にいたあたしにさえ、聞こえてくるほど。
「あたし、大丈夫だよ」
　創くんは、あの町のヒーローなんだ。
　あたしなんかを、夜の街(まち)で2時間も待ってちゃ、ダメだよ。

　あたしが、地下鉄の出口のところで立ち尽くしてると。
　創くんは、あたしの背中に手を置いて。
　あたしをそっと押し出すように、歩き出した。
　どこへ行くんだろう？
　あたしの部屋———ではないみたいだけど。
　あたしの最寄り駅周辺は住宅街で、静かだ。
　夜、開いてる店は、コンビニくらい。
　創くんは、途中立ち止まって、自販機で缶コーヒーを買った。
「何がいい？」
　振り向いて聞かれる。
　有無を言わせない感じは、昔のままだ。
「あの、日本茶…」
　創くんは無言でお茶を買って。缶コーヒーとお茶を右手で持
って、左手であたしの肩を抱いて…

77

どんどん歩いてゆく。
　えーと…。
「あの、どこに行くの…？」
　創くんは、にこっと笑って答えなかった。
　この人は、落ち着いた、優しげな雰囲気なのに。
　とことんマイペースなんだ。
　創くんが小さな児童公園に入ってゆく。大きな蛍光灯が公園全体を照らしてて、明るい。
　創くんがベンチに座った。あたしも隣に腰を下ろした。
　お茶を渡される。
「あの、お金…」
　あたしが言いかけると、空気みたいに無視される。
　女の子に触れるのも、肩を抱いて歩いてっちゃうのも。
　…無視するのも。
　ごく自然で嫌味がない。
　みんな、このペースに巻き込まれちゃうんだよね。
　陰のあだ名は「S王子」だったし（SOUくんだから？）。
　巻き込まれないのは———カナくらいだった。

　カナだけは、なんとなく…
　創くんを振り回してるように、見えたなあ。
　懐かしい。カナはいつも、お姫様みたいで。創くんは王子様というより、騎士みたいだった。
　そう、すごくお似合いの２人だった。映画のスクリーンみたいに、眩しく見えた。
　創くんが缶コーヒーをプシュッと開けて、飲み始めた。
　あたしもためらいつつ、お茶を一口飲んで。
　しばらく、静かな時間が流れる。
　一週間前に会った時は、他愛ない思い出話を沢山した。
　映画のことを話すみたいに。悲しいラストシーンを口にせず

に、途中の楽しい場面ばかりを、繰り返し。
　たぶん———創くんは、あたしに何か言おうとしてる。
　あの日言えなかった何かを。
「カナと初めて会った時、俺は———」
　創くんが唐突に言う。
「もう、カナが長くないことを知ってた」
　びくっとする。
　創くんがカナに初めて会ったのは、中2———

「それって…」
　手が、少し震える。
「お父さんに聞いてたってこと？」
　中2の頃。
　あたしは、カナがどんどんよくなっていると思い込んでた。発作も減ったように感じていたし、薬のコントロールも効いて。もう少し成長したら、手術もできて、完治するのではないかと。
「大人になるまで、もちそうにない子がいるんだって…」
　創くんが視線を落として、手の中の缶コーヒーを見つめながら。
「仕事とはいえ、若くして手の施しようのないケースは、医者にも堪える。日頃患者のことは何も言わない親父が、酒飲んでつい、愚痴ってて」
「…」
　あたしは、うつむいて。
　動揺で、手の震えが止まらなくて。
「親父は名前も性別も言わなかったけど。
　…病院でカナに会って、わかってしまった」
「そう…　なんだ…」
　声が少し、震えてしまって。
　あたしはペットボトルをぎゅっと握った。

79

創くんのお父さんは、心臓外科の有名なお医者さんらしい。
　全国の名医が書かれてる本にも載ってた。
　創くんのお父さんが院長をしている総合病院は、町の規模と比べて、大きい。全国から、わざわざ患者が来たり、病院の近くに引っ越してくる人もいる。
　病院が充実しているからこそ…
　うちの家族は、あの町に暮らし続けることができたと言える。

「親父に届け物があって。心臓外科に行って…　カナと、待合室で初めて会った。学校では見たことなかったから」
　初めてカナを見た人は、みんなドギマギする。
　大きな瞳と、ふわふわの髪と。折れそうに細い手足。
　とても、印象の強い美少女だったから。
「カナは俺を知ってた。ちょっと世間話してさ。
　この子が親父の言ってた子かと、気付いて…」
　カナが、先の長くないことに、気付いて…？
　創くんが、視線を落としてる。
「ついちょっと動揺した。…それが態度に出たんだと思う」
　創くんの声が、少し低く、くぐもる。
　でも、吹っ切るように、顔を上げて。

「カナに言われた」
　思わず、創くんの横顔を見入る。
　落ち着いてる…
「"大丈夫。知ってる"」
　創くんがあたしを見た。

「"死ぬこと"」

胸の中に、深いキズを。
　世界がぐらりと揺れた。
「カナはあの頃、治るって…　言ってた」
　ああ、揺れてるのは、あたしだ。
「もう少しよくなったら…
　　ランドよりゆったり回れるディズニーシーに行こうって…」
　カナは、本当は入院した方がいいと言われてた。
　病院の隣にある学校だからこそ、通えていたんだ。
　修学旅行も家族旅行も行けなかった。
「いつか手術して、完治したら…」
　涙が、溢れてきた。
「一緒にイギリスに行きたいねって…」
　ベッドに座って、壁に寄り掛かって。2人並んで、膝にイギリスの写真集を置いて。
　湖水地方のニア・ソーリー。
　ピーターラビットが飛び出してきそうな…
　雪がさらさらと流れる白い闇。乾いた静寂の森。

　カナは、どこにも行けなかった。
　森の中に閉じ込められたお姫様みたいに。
　でも、いつか治ると…信じていたんじゃなかったの？
　涙が溢れてきて、あたしは口元を両手で覆った。
「ごめん…」
　呟くように創くんが言った。
「カナがどこで知ったのか、俺もわからない。
　親父は患者にそんなことは漏らさなかったと思う」
「…」
「カナが俺にカマをかけたのかと思ったんだ。
　だから俺も、とぼけて、"何言ってるの？"と返して。
　でも、カナはずっと、微笑んだままで———」

「カナは、あたしにはいつも…未来の話ばかり、してた…」
　高校に入って、入院して、容体がどんどん悪くなって。
　だんだん、どうしようもなく、あたしもカナの死を意識した。
　でも、中学生の頃は。カナはいつも無邪気に笑っていたのに。

「俺、中学の頃は荒れてたから…」
「荒れてた？」
　ずっと、お坊ちゃんで、成績も抜群で。
　何不自由ない恵まれた人のように見えたけど。
「荒れてたよ。自分の将来が見えなくて」
「そうなんだ…」
　医者になれって期待をかけられて…
　それがイヤだったのかな。
「あの病院、経営がうまくいってないんだ」
　息を呑む。
「地方の私立の総合病院なんて、経営が行き詰まってるところが多いんだよ。親父も理想主義を行き過ぎた」
「知らなかった…」
　綺麗な建物で。
　患者さんも沢山いて、はやってるように見えたのに。
「全部を潰さないにしても、儲からない科を無くして経営を改善しないと。かなり縮小して、総合病院ではなくなる。
　でもそうすると、地域への影響が大き過ぎる」
「…」
「もう俺が生まれるような頃から、経営は綱渡りが始まってた。
　でも親父はどうしても、理想を曲げられない。
　それで息子に付けた名前が"創"ときたもんだ」
　創くんが、笑った。
「それって、どういう…」
　創って…創るとか、創造するとか、そういう意味だよね？

「絆創膏の創だよ。キズ、という意味がある。切りきず」
「そういう意味が、あるんだ…」
　確かに、キズという名前も珍しいかもしれない。
「外科医だから、創は付き物なんだと。親父が言うには…」
　創くんがあたしを見て微笑んだ。
「"男は生まれながらにキズを負ってるものだよ、創"」
　あたしは、泣いていたのに。
　思わず少し、笑ってしまった。
「まあつまり、傷だらけの病院を抱えて生きて行けということらしい」
「すごいね、創くんのお父さん」
「生まれた俺の顔を見て思ったそうだ。
　　この息子が何とかしてくれると」

「…創くんのお父さん、テレビに出てたの見たことあるよ。
　　手術が超一流で、神の手とか言われてた」
「親父は医療の理想しか追ってない」
「…」
「経営はかなりヤバいけど、潰すわけにもいかない。親父の追う理想を頼って暮らしている患者たちが、沢山いるから」
「そうなんだ…」
　日本中から患者が訪れる優秀なお医者のお父さんと。
　大きな病院と、真面目な長男と、成績抜群の次男と。
　幸福が詰まってるお家みたいに見えたのに。
　外から見てるだけじゃ、わからないものなんだ…
「それでも、俺は次男だから…
　　真面目な兄貴に任せりゃいいと思って、内心気楽にしてた。
　　でも俺が中学入った頃、兄貴が進路を変えた」
　あたしは、驚いて。
「あの、お兄さん、どこかの私立の医学部に通ってるって聞い

た…」
　創くんが、あたしを見て。
「事実と違う噂が流れてるのは知ってたよ。
　名古屋にある大学の文学部に行ってね。ロシア文学専攻して。
　今はもう卒業して、広告代理店で働いてる」
「そうだったんだ…」
　そう…あの小さな町で、噂って…本当でないことが本当みたいに、いつまでも流れることも多い。
「兄貴は、遅い反抗期が、大学受験の頃に一気に来た。
　親とは断絶して。医療でも経営でも、兄貴は一切アテにできなくなった。期待はいきなり全部、逃げ遅れた次男へ。
　ババ抜きみたいなもんだね」
「…」
「いきなり周囲の期待を一身に受けて。
　荒れた。…もうどうしようもなく」
　中学の頃。たしかに創くんは、悪い噂が多かった。
　告られたら誰とでも付き合うとか、あまり学校に来ないとか。
　いつも女の子と歩いてる、と言われてた。
　不良グループには属してなかったと思うけど。
「そんな頃に、会ったんだ。
　生まれながらに俺より深いキズを負ってる…　カナに」
　胸の中に、致命傷を———

　創くんが、あたしを見た。
「カナに救われたんだ」
「…カナに？」
　あの、細い身体で、胸に深いキズを抱えて。
　カナはこの人の何を救ったんだろう。
「天使みたいだった。俺を見て、微笑んで。
　病院の待合室で、俺を知ってると言った。

"あなたのキズを知ってる"と───聞こえた」
　カナと目が合っただけで、人は顔を赤らめた。
「将来なんてどうでもいいと思ってたけど。
　カナと話してたら、いきなり…ぱぁっと」
　創くんがあたしを見て、微笑む。
「光が…差し込んできたような気がして」
　カナは、あたしから見ても、特別な光を持ってた。
　…特別な女の子だったんだ。
「会ったばかりなのにさ。
　気が付くと"付き合おう"って言ってた」
「そうなんだ…」
　創くんは、自分から女の子に告るなんてしない人だと言われてた。
「カナは"あたし死ぬけど、いいの？"って言って」
　あたしは息を呑んだ。
　あの頃、あんなに無邪気に見えたカナが。
「"死なせない"って言ったら、笑われた」
「…」
「"無理よ、将来のお医者さん"って…」
　創くんが視線を落として。
「"あたしは、神の手にも負えない限界例よ。
　いつか未来、別の誰かを救って"」
　創くんの言葉の淡々とした響(ひび)きが、あたしを貫(つらぬ)く。
「"今のあなたにあたしは救えない"」

「カナが、そんなことを…」
「俺は医者にはならない"って言ったら。
　"きっとなるわ"ってカナが、笑って」
　あたしは。聞いていたら、なんだか。
　元気だった頃のカナを思い出して…

明るかったあの頃に。恋が始まり、幸福そうだったあの頃に。
　カナがそんなことを考えてたなんて───
「ごめん、泣かせるつもりじゃなかったんだ」
　あたしは、口元を手で覆って、泣きながら首を振った。
「カナは最初から、自分が死ぬと思ってた。
　そしてずっと、音子を心配していた。
　それを言いたかったんだ」

「あたしを…心配してた？」
「うん。俺と出会った頃から死ぬまで、ずっと」
「どうして…」
「"あたしは、音子がいなかったら生きていけない"って言ってた」
「あたしこそ…カナが、カナがいたから、あたし…」
「入院して、病状がだんだん重くなってからはずっと…
"音子が心配でたまらない"って言ってた」
「心配…？」
「"あたしは音子にずっと守られてきた。あたしは音子に何もしてあげられないまま、いなくなる"って」
　言葉が、頭の中で分解され、散らばってゆく。
　心配？　守られてきた？
　何がなんだか、わからない。
「俺は…　カナがいなかったら、荒れたままだったと思う。
　カナが、俺を変えたんだ」
「カナが、創くんを変えた…？」
「将来が見えなくて。親父とも喧嘩が絶えなくて、荒れてて…。
　でもカナがいつも、微笑んで。"大丈夫よ"って」
　創くんの語るカナは。
　あたしの知ってるカナより、ひどく大人びていて───
「"あなたはきっと凄い人になる。あたしにはわかるの"」

あたしの前で、2人はいつも仲がよくて、明るくて。
　そう、鈴華と拓真みたいな、くつろいだ雰囲気で。
　あの頃2人に、あたしの知らない間に。
　こんなやり取りがあったなんて…
「俺はカナに何もしてやれなかった。
　カナは今も…　あの頃も今も、俺を見守ってくれてる」
　創くんはあたしに何を言おうとしているんだろう。
「あの、創くん…」
　あたしは、思わず口を出しかけた。
「だから、俺が音子を守るよ」

　創くんがあたしを見た。
　とても真剣な目で。
「あ、あの…」
　何を言ってるか、わからない。話が全然見えない。
「どういうこと？」
「カナが死んでから、ずっと音子を見てた。
　音子は今にも消えちまいそうで…
　いつまで経（た）っても、苦しそうなままで」
「…」
「カナが音子をどうしてあんなに心配していたのか…
　カナがいなくなってわかった」
　カナが、あたしを心配していたから。創くんが、あたしを…
　言葉があたしの中でぐるぐる回る。
「音子はずっとカナを守っていた。カナは、俺を守ってくれた」
　創くんが、きっぱりした目であたしを見た。

「俺は、音子を守る」

第4章
伸ばされた手をすり抜けて

ここにおいでと伸ばされた手に
頬(ほお)ずりしてから　背を向けた
君の腕の中は　世界中のどこよりも
安らかだったこと　忘れない

君が笑っていられるように。
　何を言ってるのか、わからない。
「あたしを、守る？」
　言葉の衝撃に、頭の中が真っ白になった。
　あたしは、カナじゃないのに。
　真っ白になった頭の中で、言葉だけがぐるぐる回る。
「そんなの……変だよ」
　やっとの思いで、泣き笑いみたいな言葉を絞り出した。
「カナはいつも言ってた。
　"音子はあたしを守ってくれた。
　あたしはあなたを守ってあげる"って」

　カナは時々、あたしの手を引いて。
　自分の小さくて柔らかい胸に当てて。
　"動いてるの、感じる？"と言った。
　心臓の、鼓動が。トクン、トクンとあたしの掌に伝わる。
　まるで生きてることをあたしと、カナ自身に確認させるかのように。
　カナがあたしに見せる不安を、あたしはただ、抱き締めるしかなかった。
　あたしたちは、たくさんの日々を、小さなひとり用のベッドで、抱き合って過ごした。
　あたし自身よりも大切な、宝物。
　カナはあたしの腕の中で、"おねえちゃんがいればいい"と、小鳥のように身を震わせて、泣いて。
　あの華奢な身体で。嵐のような運命を受け容れながら———
　守っていた？
　あたしが、カナを？

「いつか、地元を出て、俺は自由になれると思っていたんだ」

あたしは、創くんに振り返った。落ち着いた声だ。
「医者になる気はなかった。
　遠くへ行きたい、行く力があると思っていた。
　あんな田舎町(いなかまち)で一生を終えるのは真っ平だと思ってたんだ。
　でも俺は、兄貴(あにき)よりもよっぽど、…」
　ため息をついて、ふっと笑う。
「あの病院がなくなることが、耐(た)えられないんだと思う」
　そうだ。
　創くんはいつも、そこにあるものを変えてゆく人。
　いつも、今あるものを、前よりもよくしてゆく。

　あたしたちの中学の、生徒会を変えたのは創くんだ。
　創くんが生徒会長だった年。
　それまでの生徒会長は、形だけで何もしていなかったのに。
　創くんは違った。中身が伴ってない規則を整理した。おかしな規則を生徒会にかけて、みんな廃止してしまったんだ。
　そして、生徒会と文化祭実行委員を繋(つな)ぐパイプを作り、システムを合理化した。
　それまでの、やる気のなかった文化祭が、変わった。
　先生とPTAに創くんが交渉して。
　夕方少しだけ遅く残って、後夜祭をした。
　簡単な衣装を持ち寄って仮装パーティーをして。
　地元の青年会や町内会も差し入れしてくれて、みんなお祭り好きだから、際限(さいげん)なく盛り上がった。
　あたしたちみたいな、ただの中学生にもいろんなことできるんだねって…同じクラスの女の子と、抱き合って泣いて。
　創くんが卒業した次の年も、文化祭はちゃんと続いた。
　ケーブルテレビまで取材に来て、地域の名物になってた。

　"バカげた規則が世の中多いんだよ。入口は厳重(げんじゅう)、裏はスカス

カ"表面しか気にしない、汚い大人だよ"
　拓真や鈴華の言葉を思い出す。
　でもちゃんと変える人がいれば、内側から変わっていくんだ。
　創くんについていけば、何もかもが変わっていくんじゃないかって… みんな思っていた。
　この世界を変えてゆく力のある人はいるんだって…
　そんな人が。
　傷ついて、荒れて。カナに… 守られていた？

「俺は逃げることしか考えてなかった気がする」
「…逃げる？」
　創くんに不似合いな言葉に、あたしは思わず、聞き返して。
「うん。この町からも、親の病院からも。
　逃げて、いつか都会に出て、戻らないと思ってた」
　創くんが、うつむいて。
　右手のこぶしを、左手にばしっ…と打ちつけた。
「でも、カナに会って、変わった。
　逃げるんじゃなく、留まる選択もあるんだって」
　創くんは、目線を落としたまま。
「病院は、あの町に必要だ。ギリギリで、何とかもたせてきたけど…病院なんて親族経営の中小企業だからね。
　熱意のある身内が、内側から変えていかないとダメだ」
　静かな言葉に、覚悟の響きがあった。
「俺が変える」

　森の中に閉じ込められたカナは、ついに外の世界に出ることはなかったけど。
　でもカナは、あの町を深く愛していた。
　たおやかな碧の中で、カナは自由だった。
「カナはいつも。あたしはわかってるって顔でさ。

"だいじょうぶよ"って。
　"きっとあなたは、凄い人になるわ。将来のお医者さん"って」
　カナが、変えたなんて。
　この人が、あんなにも強くいられたのは。
　カナがいたからだったなんて———

「だから俺は音子を守るよ」
「守るって…」
　あたしは、びっくりしすぎて、心臓がバクバクしてきた。
「そんなの、変だよ。創くんは、あたしとは…」
　関係ない。
　そうだよ、カナがいない今、関係ないんだ。
「俺はいつでも、音子を助けに来るよ」
　カナを救えなかったから…カナとあたしを、重ねてるの？
　わからない。この人が何を考えているのか。
　創くんを見ると、優しく…　笑ってる。
「何でもする。音子が笑っていられるように」

　創くんの言葉が、頭の中ではじけた。
　一瞬の間をおいて…頬にカーッと血がのぼってきた。
「ごめん、あたし…」
　ベンチから立ち上がった。世界がぐらりと揺れた気がした。
　足元が、ふらつく。
「帰る」
　肩にかけてたバッグを持ち直して。創くんに背を向けて。
「今日は、ありがとう、創くん」
　それだけ言って。小走りで…　創くんから離れる。
「音子」
　背中に、声がかかる。

あたしは、そのまま公園を出て。
…振り向かなかった。

どうして。
走りながら、頭の中で創くんの言葉がぐるぐる回る。
"音子が笑っていられるように"？
変だよ。
創くんは…もうあたしとは、何の関係もないんだから。
創くんの語るカナは、あたしの知らなかったカナだ。
２人の、運命みたいな出会いを聞いて。
あたしには手の届かない、繋がりを聞いて。
そして、愛するカナの代わりに。
あたしを、笑わせたい？
そんなの、なんだか———　変だよ。
…残酷だ。

あたしは、部屋に戻って。
後ろ手でドアを閉めて、ドアに寄りかかって、しばらく立ち尽くしていた。
怖いものに会ったみたいな気分だ。なんだろう、これ。
怖い。
何が怖いのか、わかんないけど。
♪♪〜♪〜
不意にメロディが鳴り響いて。あたしはびくっ！として、心臓のあたりを押えた。
ケータイ…
ただの、ケータイのメール着信音。
あたしは恐る恐る、バッグからケータイを出した。
ちょっと手が震える。

送信者は"SOU"だ。件名はなくて。
"着いた？"と一言書かれてる。
　カーーーッと頬が熱くなる。なんだろう、これ。
　♪♪〜♪〜
　また着信音が鳴って、あたしは飛び上がりそうになった。
　今度は、電話。
　表示を見なくても、これはきっと、創くん…。
　この電話、取らなきゃいけないのかな、あたし。
　あたしがしばらく、呆然としたままケータイを見つめていると、ケータイは留守電の機械音に変わった。
　思わずほっとして、ケータイを握ったまま、床にしゃがみこむ。すると１分経たないうちにまた、ケータイが鳴りだした。
　思わず、ケータイを放り出して、膝を抱える。

　よくわからない。わからないんだ。
　あたしを、放っておいて欲しい。
　カナを喪って。
　パパも、最近はもう、他人みたいに遠い。
　あたしは、ひとりぼっちで。
　そりゃ、ミジメで可哀想に見えるのかもしれないけど。
　死にたいくらいツライ夜もあるけど。
　でも、困るんだ。
　カナの代わりに優しくされても、あたし、どうしたらいいかわからないよ。
　また着信音が止まった。
　心臓がバクバクしてきて、あたしは床を這って、ケータイをベッドの枕の下に押し込んだ。
　何分過ぎただろう。
　着信音は、切れるたびに、１分経たないうちにまた鳴り始める。恐るべき執拗さだ。

"そこにいるのはわかってるんだ"
　"無駄な抵抗はやめて出てこい"
　みたいなみたいな…
　…刑事ドラマじゃないんだから（涙）。
　あたしは、電源を切る勇気もない。気付いてないことにしたい。でも…
　あたしが、こんな風にケータイの前で、どうしたらいいかわかんなくなってることを…
　見透かされている。そんな気がする。
　7回目の着信音が鳴った時。
　あたしは枕の下からケータイを取り出して、震える手で着信ボタンを押した。

　"やっと出た"
　朗らかな第一声だ。
「あ、あの、ごめんなさい、気付かなくて…」
　"出てくれて嬉しいよ"
　電話の向こうで、笑ってるような気配だ。
　わかってるんだ。創くんはそういう人。
「あの、用件…」
　"明日会える？"
「あの、明日は、ちょっと」
　なんだろう、この展開は。

　"大学に迎えに行くよ"
　…何を言ってるんだろう。

振り切るように前向きに。
「どうしたの？」
　鈴華の声に、びくっとして振り返る。
　あたしは、大学の窓から、入口近辺をそっと覗いていた。
　そうだよね、迎えに行くといっても…
　今日のあたしが何コマあって、いつ大学を出るかなんて、創くんが知る筈もないんだし。
　いる、わけが…
　と思ってると、不意に、人影が目に入った。
　高速道路近くで、音がゴウゴウ鳴ってて、角度的に大学の入口がうまく見えないんだけど。
　壁の向こう、ちらちら見える背の高い人影は…
　創くん、だろうか？

　一応、出入り口に警備員もいる。
　女子大だから、男の子は大学構内には入れない。
　昨日、駅の出口でもそうだったけど、創くんはひとりで待つのを楽しんでるようにさえ、見えた。
　イヤホンで何か聴いてたけど、手に持ってたのは英語のペーパーバックだった。
　英語の勉強をしてるのか、音楽を聴きながら、英語の本を読んでるのか、わからないけど。
　歩きながら単語を憶えるって言ってたっけ…
　そう、昔から創くんは、周りを気にしない人で。街なかでも、学校でも、どこでもくつろいでいて。
　人影が、顔を上げて、校舎を見上げたように見えた。
　びくっ！として、思わず窓から身体を隠すように、隠れる。
　ドッドッドッ…
　自分の心臓の音が聴こえる。
「ねえ、どうしたの？」

壁に張り付いたまま胸に手を当てていると、鈴華が不思議そうに聞いてきた。
「あ、あのさあ…」
　あたしは、心臓を押さえつつ、必死で言う。
「なによお」
　鈴華がけげんそうに。
　あたしのただならぬ様子がおかしいみたいに、笑ってる。
「鈴華、今日も拓真くんと会うわけ？」
「うん、会うけど」
「そうなんだ…」
　しばらく、考えて———
　あたしは、胸一杯に息を吸い込んでから、ごくりと空気を呑んで。勇気を出して、言ってみた。
「あのさあ、えーと…今度、拓真くんに頼んでくれないかなあ」
「何を？」
「誰か、あの、いい人っていうか…
　お友達紹介してくれないかなと思って」
「へ」
　鈴華がキョトンとしてる。

「…お友達って、えーと…女友達、じゃないよね？」
　あたしを見て、頭をかいて。
「男？　ねえねえ、男？」
　ものすごーーーく不思議そう。
「うん」
　あたしが男の子紹介して欲しいって言うの、おかしいかな？
　でも、それがいいんじゃない？
（何がいいのか、自分でもよくわかんないんだけど）
「ダメかな？」
　鈴華が視線を落とした。

「そっかあ…」
　何か考えてる。
　それから、顔を上げて、笑った。
「よかったぁ…。ネコも、前向きになったんだね」
「前向き…」
　前向き、なのかな？　よくわからないけど。
　なんとなく。創くんと会うのは、よくない。
　別の人…　そう、別の人を探さなきゃ。
　創くんは、カナを愛してるんだから。
　あたしは、カナとべったりしすぎて。カナがいなくなった後は、すっかり心を閉じちゃって。男の子に免疫がなさすぎるのが、いけない。
　そう思ったんだ。

　ふと見ると、鈴華が目を輝かせてる。
「やっぱ絶対男の方がいいと思うよ。
　肌とか、すべすべじゃないけど」
　ゴホッ…
　思わず、咳き込む。
「鈴華ちゃん、それちょっと…」
「あたし、もーネコとだったらシテもいいってくらいスキだけどさ。
　やっぱり、人類繁栄するためにも、男がイイって！！」
「…あの、えーと…」
　すごく、喜んでくれてる。
　よくわかんないけど、あたし、前向き？
　鈴華が真正面から、ぎゅむーーーっとあたしを抱き締めた。
「よかった！！　うん！！
　拓真に言ってさ、すっげイイ人探してきてもらうよ！！」
「…あの、君たち」

横から、声が。
「もう授業始まってますよ」
　思わずカーーッとなる。
　人類学（一般教養）のおじいちゃん先生だ。
　教室を見回すと、みんな席についてる。
　あたしと鈴華は、顔を真っ赤にしながら、走って席についた。
きっと鈴華の声は、教室に響き渡ったと思う。
　は、恥ずかしい…。

　地球誕生から辿(たど)る人類学の授業は、妙(みょう)に淡々(たんたん)と進んでゆく。
　授業中、鈴華はノートの隅(すみ)に色々書いてきた。
"身長は？"
"顔は？　芸能人で好みってダレ？"
"やっぱ真面目(まじめ)な人がいいよね"
"タメがいい？　年上？"
　あたしは、困りつつ返事を書いていった。
"見た目どうでもいい"
"マジメな人いいな"
"年下よりはタメか上がいい"
"まず友達になってほしい"

　人類学の授業が、最後だったので。
　授業が終わると、あたしは鈴華と一緒に教室を出て、階段を下りて。うちの大学は小さいから、正面玄関以外はほとんど使われないけど。
「鈴華、あたし今日、あっちから帰る」
　大学の裏側。
　教職員が使う、駐車場出入り口を、あたしは指差した。
　都内は地価が高いせいか、学長はじめ数台分くらいしかスペースのない駐車場。

「えーっ。なんでなんでぇ？」
「お願い、何も聞かずにこっちから帰って…っ」
　ちょっと泣きそう。あたしは、鈴華の背を押しだすようにして、狭い駐車場入口を抜けた。
　こっちから出れば、創くんが、もしいたとしても大丈夫。
　見つからずに済む…。
　大学を出て、だいぶ遠回りして、駅に向かう。
（駅は大学の正面玄関側だから、大学をぐるっと回らなきゃならない）
　高速道路の下まで来ると、ヘタヘタと力が抜けた。
　何してるんだろう、あたし。
　鈴華はちょっと不思議そうにしていたけど。とにかくあたしが前向き（？）なことに気を良くしていて、深く追及しなかった。今日は拓真が鈴華の部屋に来る予定らしい。
「ネコも、うち来る？」
「遠慮する。また今度遊んで」
「彼氏できても、遊ぼうね！　ダブルデートしよ！
　超楽しみ〜♪」
　別れ道で、鈴華が笑顔で手を振った。

　そうだよね。
　ダブルデート。
　カナが創くんと付き合いだした頃。あたしは、自分も恋人が欲しいなんて、思わなかった。3人で遊ぶのは、楽しかった。
　創くんは、3人でいる時は、カナにもあたしにも優しくて。
　妙に、居心地がよくて。あたしの恋人じゃ、ないのに。
　間違ってた。あたしも恋人が欲しいって、思うべきだった。
　でも、2人の幸せが、眩しかった。カナと創くんを見ていたかったんだ。
　広い通りを渡れば、駅。

あたしはうつむいたまま、交差点(こうさてん)を渡って───
「音子」
　びくっとして、顔を上げる。
「創くん…」
　びっくりした…　腰が抜けそう。
「授業終わっても出てこないから。
　ああ、裏口から逃げたなと思って」
「逃げたって…」
　絶句する。

　どうして逃げたと思うの？　逃げたと思っても、怒らないの？　そもそも、どうしてあたしを迎えに来るの？
　何がなんだかわからないよ。
　あたしはうつむいて。視点が泳いで。
「あたしは、…カナじゃないし」
「知ってる」
「創くんは…カナが…」
　カナが、いるし。
　ううん、ちがう。カナは、もういない。
　あたしは、顔を上げた。涙が、こぼれそう。
「創くんは、もうカナのことは忘れた方がいい」
　そうだ。創くんは、もうカナを忘れるべきだ。
　カナを忘れれば、あたしと会う理由もなくなる。
「…忘れないよ」
　ズキン、と胸が痛んだ。
　創くんはまだ、カナが忘れられないんだ。
　カナを忘れて欲しいとは思えない。
　でも、もうカナがいなくなって２年以上にもなる。
　カナのことを今でもスキで。カナがあたしを心配してたからって…　あたしを心配してくれるなんて。

そんな重荷を背負わなくていいんだ。
「音子に、笑っていてほしい」
　創くんの言葉が落ちてくる。
「音子がきっとひとりで泣いてると思って…
　気になるんだ、すごく」
「あたし、友達いるし…」
　カナを亡くしてから、初めて、心を許せる友達ができた。
「創くんとあたしはもう、関係ない。
　もう、あたしのこと、気にしないで」
　創くんから離れなければ。あたしが、カナを思い出させるなら…　あたしの方から、離れなければ。
「あたし、泣いてないから」
　背後で、車の音が響く。
　言い合う２人を、周囲の人たちが見てるのがわかる。
　あたしが、創くんの横を素早く抜けて行こうとした時、創くんがあたしの二の腕を掴んだ。
「離して…」
　腕と、肩が、震える。
　どうして、創くんはいつも。何の躊躇もなく触れるんだろう。
　あたしの…　心に。

「泣いてる」
　静かな、落ち着いた声。
「泣いてない…」
　涙が、頬を伝うのがわかった。
　ボロボロ、ボロボロ、止まらない。
　あたしは、創くんの手を力いっぱい振り切った。
　そして、駅まで走った。

　振り返らなかった。

いつも余分で、お荷物の。

　その、夜。
　早くも、鈴華から電話が来た。
"いいヒト見つかったよ〜！"
　はやっ…
　あたしは思わず、ケータイを耳から外して、じっと見つめた。
　しばらくして、また耳にあてると。
"もしもーし！　聞こえる？"
「あ、ごめん。
　びっくりしちゃって、今ちょっと聞いてなかった」
"んもぅ、聞いてよ〜。
　ネコと別れた後、すぐ拓真に電話したの〜。
　あのね、拓真の大学で、拓真と同じ年だけど先輩なの。
　１浪でG大の２年"
「…へぇ」
"あたしも会ったことあるけど、真面目っぽくてイイ人だと思うよ。拓真が入ってる野球観戦サークルの人"
「野球観戦…？」
　そんなサークル、あるんだ…
　今度は、拓真の声が飛び込んできた。
"俺、大阪人じゃないけど阪神ファンだからさ。
　ドーム戦観に行く時、盛り上がりたくて入ってんの。
　あんまり参加してねーんだけど、メンバーの仲はいいんだ"
「そうなんだ…」
"そいつ祐哉っていうんだけど。
　今日学食で一緒に飯食ってる時に、鈴華から電話が入ったんだよ"
「はぁ…」
"電話切った後、今の電話何だよって聞かれたからさ。
　ちょっとネコちゃんのこと話したんだよ。

すげぇ食い付いてきて、紹介シロシロうっせーの"
「はぁ…」
"けっこうモテる奴なんだけど、もう１年くらい彼女いないらしくて"
「はぁ…」
"悪いヤツじゃないと思う。会ってみる？"
「…」
　自分で、男の子を紹介してくれなんて言ったくせに。いざ、具体的な話を持って来られると、ひるむ。
　でも、もう後には引けない…　というか。
　勇気を、出さなきゃ。
「…会ってみる」

"ネコちゃん、無理してない？"
「…無理して、ない」
　ちょっと男の子は苦手なまま…この年まで来ちゃったけど。
　少し、勇気が要るけど。
"とりあえず友達からってことで。
　好きになれたら付き合うってことでいいから"
「はぁ…」
"好きになれなかったら、俺や鈴華に言ってよ。
　うまく断るから。ネコちゃんの気持ちが大事だからね。
　俺が間に立つから、何でも言って"
「…ありがとう」
　鈴華と拓真の優しさが身に沁みる。

　電話を切ると。
　あたしはベッドの上で膝を抱えた。
　あたしって、カップルの温情にすがって生きてるみたい。
　世の中、うまくいってるカップルって…

あったかくてほわほわしたオーラを持ってて。
きっと余裕があるんだ。幸せだから。
あたしにまで、幸せを分けてくれようとする。
きっとあたしは。
淋(さび)しくて、ひとり泣いてるように見えるんだろう。

「…っく」
 気付くと、本当にあたしは泣いてて。
 涙が後から後から、頬(ほお)を伝って。
 この世界で、あたしを必要としてくれる人は。
 誰もいないんじゃないかと、思う。
 カナがいなくなった今も、カナの影(かげ)で。
 いつも、余分でお荷物な。
「+ONE」なんだ。

 こんなあたしでも。
 誰かを好きになれるかなあ？

 そして、誰かがあたしを。
 ───好きになってくれるかなあ？

優しい人と、優しい時間。

　こういうとこ、オープンカフェっていうのかな。

　もう7月に入って、かなり暑い週末の昼下がり。
　あたしは、大通りに面したカフェにいた。
　けっこう交通量が多い道だ。
　広い歩道に、テーブルとイスが置かれていて。
　あたしは、人を待つために片隅に座った。
　手書きのメニューは温かみがあって、オシャレ。
　頼んだ「はちみつアイスカフェ」は、クマ柄の可愛いグラスに入ってやってきた。
　生クリームがキレイに平らにならされてて、その上に、はちみつソースでクマとハートが描かれてる。
　あたしは、なんだか緊張してしまって。
　ストローも刺さずに、ぼんやりドリンクを見ていた。

「ネコちゃん、だよね？」
　声がして、ドキッとした。
「は、はい」
　顔を上げる。
　祐哉、さん…　らしき人は、ジーンズにピンクのシャツを着ていて。それが妙に似合ってて。黒ぶちの、眼鏡かけてる。
　インテリ風というか、頭良さそう…
「よかった。すぐ見つかった。
　ごめんね、もっと早く来ればよかった」
「いえ、あたし早く来過ぎたんです」
　まだ、待ち合わせの5分前だ。
　あたし、15分くらい前に着いてしまったから。
「座っていいかな」
「は、はい！」

106　さよならは時に雨と同じ

　　　　　　　　し笑った。
　　　　　　　　しなくていいから。
　　　　　　　　ちょっと緊張してるけど」
　　　　　　　　の席に座って。

「祐真に聞いてる」
　両肘をついて、重ねた手の上に顎を載せるようにして。
「な、…何を？」
「名前はネコちゃんだけど、ウサギちゃんみたいな子だって」
「…うさぎ？」
　意外な言葉に、びっくりする。
「いつもちょっと怯えてて、声をかけると逃げちゃうんだって」
「…」
　そんな風に見えてたのか…。
「傷つけたらタダじゃおかねぇって言われた」
「はぁ…」
「俺がネコちゃんを傷つけたら、奥さんに刺されるんだって。
　あ、サークルじゃ拓真の彼女は奥さんって呼ばれてます。
　拓真が彼女の話ばかりするからさ」
　思わず、笑った。
「だから、安心して。
　君を傷つけないことを最重要と考えてます」
　思わず、赤くなる。
「あの…　すみません」
　今度は祐哉さんが笑う。
「謝らなくていいってば。
　まずはお友達から。ゆっくり知りあえるといいな」
「はい…」
　なんというか…

しっかり自分を持ってる感じの人。
　あたしは、なんだかほっとした。

「もう俺、見掛けだけで寄ってくる女はうんざりで」
「はぁ…」
　見掛け…ですか。
「俺、眼鏡かけてないとホストみたいって言われんの」
「ホスト…」
　祐哉さんが、眼鏡を取ってみせた。
　顔立ちがハッキリしてて、俳優さんみたい。
「だから、これ伊達(ダテ)なんだ。度が入ってない」
「そうなんですか…」
　祐哉さんが、眼鏡をまた、かける。
　びっくり。
　確かに眼鏡かけると真面目(まじめ)そうになる…　ような。
　思わず、笑(さ)ってしまう。
　女の子を避けるために、眼鏡かけてるのか。

「人脈は、大事」
　眼鏡の奥の、大きく整った目が鋭く光ったように感じた。
　でも、嫌な感じではない。
「じんみゃく、ですか…」
「ん。人脈。拓真がサークルに入って来て、こんなイイ奴いるんだなって新鮮に感じた」
「そうなんだ…」
　確かに、本当にイイ人だと思う。
　親切で…　鈴華のことを深く愛してて。
「信用できるヤツなんてなかなかいない」
　言葉に、なんとなく冷(つめ)たい感じがあって。
　あたしは、そっと祐哉さんを見た。

するとあたしの少し怯えた感じを見て取ったのか、微笑んで。
「あのカップル、微笑ましいでしょ？
　俺、最近誘われて、あの２人と飲んでさ」
　あたしは、目を丸くした。
　そうか、あたしが２人と鈴華の部屋で語り合ったみたいなことが…　この人とも、あったんだ。
「拓真が勧める子なら、きっと…」
　きっと…？
「イイ子なんじゃないかと思って。
　２つ返事で、他のヤツに持ってかれないうちに、素早く！
　奪い取るように話をいただいて参りました」
　あたしは、また笑ってしまって。
「すみません、あたし、きっと期待に添えない」
「なんで？」
　なんで、と聞かれても。
「いえ、あたし、あの」
　面白くも可愛くもないし。何の取り柄もないし。
　と、そのまま言われても困るだろう、と思って。
　あたしが何も言えずにいると。
「実は俺以外に２～３人男転がしてるの？」
　キョトン、とする。
　ころがす、って…
　ツボにはまって、思わず、爆笑する。
　ダメ、笑い始めたら止まらない。しばらく笑いが止まらなくて、目尻ににじんだ涙を手の甲でこすりながら。
「転がすも何も。男の子とちゃんと付き合ったことないし」

　沈黙があった。
　あ、あたし何か悪いこと言った？
「あ、あの…」

どぎまぎしてると、祐哉さんが、あたしを見てる。
「今まで、告られたりしたことあるでしょ。
　ネコちゃん高校は共学だよね？」
「共学です、けど…。
　あの、好きでもないうちに、付き合う気になれなくて…」
　鈴華の"好きになってからしたら、めちゃめちゃよかったの！"という言葉が頭をよぎって。一瞬、頬が熱くなる。
　高3の時に告ってきた人は…
　"中学の頃から君が好きだった"と言ってくれたことに惹かれたから、付き合おうと思ったんだ。
　カナがいた頃から、あたしを見つけてくれていた気がして。
　他にも告られたことが2回くらいあるけど。どれも付き合う気にはなれなかった。

　しばらく、祐哉さんは無言になってしまって。
　じき、無表情のまま、口元だけが動いた。
「ヨッシャ」
　よっしゃ…？
「やっぱり人脈が大事だな。拓真に今度焼き肉奢ったろ」
「はぁ…」
「そういう誠実な子が、いそうでいないんだよ」
「…」
「俺さ、男は転がすものだと思ってる女は、もうイヤなんだ。
　気が合ったら駆け引きなしで真面目に付き合いたいの。
　俺の方も、嘘ついて女転がす気ないし。
　そんなのめんどくさいだけでしょ？」
　とても真面目な顔で言う。
　なんというか、会ったばかりなのに、何でも率直に言う人だ。
　あたしは、目を丸くして。
　でも、その率直さが。なんとなくラクかも…

「去年付き合った女の子に３股かけられてさ。
　以来、俺のデリケートなハートはボロボロなの」
「３股…」
　あたし、カナが死んで以来、ホントに暗かったから。
　同じクラスの子が付き合ったとか、別れたとか、誰が誰に告ってフラレたとか…
　たまに聞こえてきても、正直、全然興味持てなかったから。
　そうか、恋愛してた人は色々あるんだなあ…
（我ながら間の抜けた感想）

　そこで、オシャレな店員さんがやってきて。
　祐哉さんの頼んだカプチーノが、置かれた。
　ふと見ると、見事な猫の後ろ姿(すご)と、ハートが３つ描かれてる。
　どうやって描くんだろう、凄い。
「ここ、カプチーノアートでちょっと有名な店なんだ」
　この店は、祐哉さんが待ち合わせに指定した店。
　男の人なのに、こんなところ、よく知ってる。
　祐哉さんは、ここに、よく女の子を連れてくるんだろうか。
　あたしの気持ちがバレたみたいで、祐哉さんが笑った。
「女の子と来たのは、初めて。
　姉貴(あねき)に連れて来られてさ。あ、あれも一応女か」
「お姉さんがいるんですか…」
「うん。うち、ここから近いの。
　あの女、男がいない時期はよく俺を便利に使うんだよ」

　その後も、あたしは祐哉さんと、かなり長いこと話していた。
　よく話す人で、話し上手(じょうず)で。
　話を聞いてるだけで、楽しい。
　Ｇ大は、附属中学から入ったのだと言っていた。
　浪人ではなく、高校でアメリカに留学して１年遅れたそうだ。

留守がちなお父さんと、華やかなお母さんと、気の強いお姉さんと、ちょっと斜に構えた弟の祐哉さん。
　そんな感じの家族みたいだった。
　なんとなく、お金持ちなおうちみたい…
　生まれた時から東京の真ん中で。
　中学受験して、有名な大学の附属中学に入って。
　イケメンだし。モテるんだろうなあ…
　なんか、あたしがここにいるの、ヘンな感じ。
　カナだったら———祐哉さんとも、釣り合いそう。
　ううん、カナには、創くんがいるけど。

「ごめん、なんか悪いこと言った？」
　祐哉さんがあたしの顔を覗き込んだ。
「え？　あ、あたし何か？」
　何かヘンなこと言ったかな？
　あたしは慌てて。
「いや、すごく悲しそうな顔してるように見えて」
　祐哉さんが心配そうに言うので、あたしはちょっと困って。
「あ、あの…」
　あたし、そんなに悲しそうな顔してたんだ。
　会ったばかりなのに、言わない方がいいのかなあ。
　でも、言わなきゃ説明がつかない。
「あたし、妹がいて…　ううん、もういなくて」
「…」
「高校の時に妹を亡くして、時々思い出しちゃうんです。
　…いきなり暗い顔しちゃってごめんなさい」
　祐哉さんが、あたしを見て。
　ゆっくり、言葉を選ぶように、言った。
「…簡単な事情だけ、拓真に聞いてる。
　ごめんね、思い出させちゃって」

あたしは、ちょっとうつむいた。
　いきなり暗い顔したり、こんな風に気を遣わせちゃったり。
　あたしってホント、ダメかも。
　膝の上で握りしめた掌に、汗がにじむ。
　男の子紹介してもらうなんて…
　あたしにしては、ちょっと無謀だったのかなあ。
　どんどん後悔の気持ちが湧いてきて。泣きたい、逃げ出したいみたいな気持ちが、だんだん、あふれてきて…
「拓真が───」
　言葉が落ちてくる。
「言ってた。ネコちゃんって、いつも…
　ここにいてはいけないんじゃないかって顔をしてるって」
　あたしは、顔を上げた。

「俺もさ、そういう気持ちを抱えてる」
　祐哉さんが、穏やかに言う。
「そういう、気持ち…？」
「うん、そういう気持ち。
　ここにいてはいけないんじゃないか、
　俺の存在は無意味なんじゃないか、という気持ち」
「…」
　あたしはびっくりした。
　この人も、そんな気持ちを抱えてるんだ…
　そして何も言えないまま、少し目を伏せた。
　カプチーノに浮かぶ猫の後ろ姿が、ゆっくりと崩れてゆくのが見えた。
「俺の親って小さい会社を経営しててさ。
　俺は男だから、後継ぎを期待されてたんだけど。
　たぶん、姉貴の方が経営に向いてるんだよね」
「そうなんだ…」

創くんのお兄さんを思い出す。
　少し会話を交わしたことがあるだけだけど。
　少し気弱で優しい人、という印象だった。
　ずば抜けて優秀な次男がいて、彼はどんな気持ちだったんだろう。
「俺は昔から、姉貴ほど強い性格じゃなくてさ」
　ちょっと自嘲気味に、笑う。
「中学から、大学まで続いてる学校に入って。
　のんびりして居心地よかったけど、受験も何もないと、みんな気が緩むからね」
　東京の、有名なお坊ちゃん学校というか…
　そういう世界って、想像もつかないけど。
　まさか漫画みたいに、生徒が高級料亭から昼ごはんの出前を届けてもらうとか…そんなことはないだろうしなあ。

「高校の頃、校内で喫煙事件が起きて。
　俺は全然吸ってないのにさ。
　その場にいなかった俺のせいにされたんだ」
「喫煙事件…」
　あたしの高校でも、停学になった生徒がいた。
　お坊ちゃん学校でも色々あるんだなあ。
　でも、やってないのに、自分のせいにされるなんて…
「疑いは晴れたんだけど、友達との亀裂は埋められなかった。
　中1から仲が良かったやつらに裏切られたわけだからさ」
「それは…」
　つらかっただろう。
　聞いてるだけで、胸が痛んだ。
「学校辞めるって言ったんだ。そしたら、辞めるくらいなら、留学でもして学年変えればいいって。
　親と教師に勧められてアメリカ留学することになってさ」

それで、留学して、一年遅れたんだ…
「どうせ家の中にも居場所ないし。
　うち、両親も仲がよくなくてさ。親父はたぶん愛人がいるし、お袋も観劇だなんだで留守がち」
　さらっと言われて、言葉を失くす。
「捨て鉢な気分でフロリダの高校なんか行ってさ。
　もー日差しサンサンで暑いったら。毒蜘蛛いるし」
「毒蜘蛛？！」
「いるんだよ。うっかり刺されて手当て遅れたら死ぬよ」
　あたしが目を丸くしてると…祐哉さんがふと黙って。
　照れたように、ちょっと頭をかいた。
「君、人の話聞くの上手いって言われない？」
　あたしはびっくりして。
「いえ、言われたことないけど…」
　祐哉さんがちょっと視線を落として、自分の手元を見て。
「そんなつぶらな瞳で一生懸命聞かれると…
　俺、何でも話しそうになるんですけど」
　思わず赤くなる。
「あの、あたし、自分がないっていうか…
　話すよりも、聞く方が好きで」
「一心に聞いてくれるってゆーか。ちゃんと伝わってる感じがあってさ。話してると落ち着く…」
　祐哉さんはテーブルの上で指を組んで。
「フロリダって中南米のすぐ隣じゃん。そこら中、ヒスパニック（スペイン語を話す人）ばっかりでさ。
　ESLでもスペイン語が飛び交ってるし。
　俺のやる気も欠けてて、英語はイマイチ上達しなくてさ。
　でもまあ…　いい経験になったね」
（ESL：英語が母国語ではなく、２番目の言語である人のための英会話クラス）

「一人暮らし、してたんですか？」
　フロリダの高校生活なんて、海外ドラマみたいで、想像がつかないけど。海が近くて、キレイなイメージ。
　あたしの地元は山で、海が遠かったから…
「寮に入ってた。2人部屋だったけど、たまたま俺ひとりでさ。なかなか友達もできなくて、…」
　祐哉さんが、少し声を落とした。
　手元に視線を落としたまま。
　ちょっとだけ、気まずい沈黙が続いて。

「ごめん、つい暗い話しちゃって」
　祐哉さんが顔を上げた。
「聞いてくれるのが嬉しくてさ。店、出ようか」
　優しく笑う。
「あ、はい」
　全然、暗い話とも思わなかったのにな。
　聞いてくれて嬉しい、と言われて…あたしこそ、嬉しいのに。
　あたしは、椅子にかけたショルダーバッグに手を伸ばしながら、思った。

　優しい人———

生まれる日を、待ってる。
　それから、あたしたちは店を出て、少し歩いた。
「あまり東京で遊びに行ったことないの？
　どこか行きたいとこある？」
　一瞬、東京タワーが浮かんで。
「ううん、ないです」
　慌てて首を振った。
　祐哉さんは、ちょっと考えてから。
「入場券が要らない遊園地行こうか。
　乗りたいものだけ乗れるし」
　祐哉さんが慣れた様子で、表示を指す。気付かなかったところに、地下鉄の出入り口がある。
　まだあたしは、地下鉄もJRも、決まったところしか使ってない。
　東京に来るまでずっと、バスと車で暮らしてた。
　あとはただ、のんびりした田舎道を歩いて。
　カナが自転車に乗れなかったから、あたしも乗らずに育った。

　祐哉さんは物慣れてて、ついて歩くのが、ラク。
　何かと気遣ってくれて。
　侍女か召使いだった女の子が…
　一日だけ、お姫様になったみたいな気分。ちょっと緊張する。
　地下鉄に何駅か乗って、遊園地に着いた。
　入場の必要がなくて、街と一体化してる。
　すごーく長い足でパフォーマンスをしてる人を見たり。
　光と音楽が華やかな、噴水のショーを見物したりして。
　日陰を探して、話しながら歩いて。
　可愛いカフェに入って。
　ドライトマトとズッキーニのキッシュを頼んで。
　ついてきたのは、堅めの北欧のパン。

クランベリーが入ってて、おいしい。

　祐哉さんといると、なんだかほっとする気がした。
　鈴華といる時と、あまり変わらない感覚でいられる。
　あたしたちは結局、小さな乗り物に２つ乗っただけで。
　ウィンドウショッピングしたり、コーヒーショップで話しこんだり。
　カナのことも自然に話すことができた。
　あたしの子供時代は、全部カナと共にあったから…
　カナのことを話せないと、自分のことを何も話せないんだ。
　祐哉さんの話は、聞いてるだけで楽しかった。
　中高の頃の話。
　塾をサボって渋谷をフラついても、結局マックで溜まってたとか。
　東京の真ん中でも、私立のお坊ちゃん学校でも、あたしの高校とあまり変わりないんだなあって思った。
　留学中、ディズニーワールドに１人で行って、ティガーに肩を抱かれた写真を、カップルに撮ってもらった話とか。
　…むなしかったそうだ。

　時間は瞬く間に過ぎて。ふと見ると、もう夕方。
　あまり混んでいなかったカルーセルが、陽が陰るのを合図みたいに、長蛇の列になってきた。
「みんな、夕暮れに乗りたいんだ…」
「そうだね。音子ちゃんも乗る？」
　あたしは、首を振った。
　廻り続ける馬と、嬉しそうにはしゃぐ子供たち。
　見ているだけで楽しい。
　カルーセルは乗るんじゃなくて、見てる方が好き。
　薄暗くなってゆく中を、ゆっくり回るカルーセル。

それは「幸福」を絵にしたみたいな、優しい情景。
　あたしは、祐哉さんの隣で、ぼんやりカルーセルを見ていた。
　長いふわふわの髪の女の子が…
　白馬に乗って、両親に手を振ってる。
　一瞬、少女時代のカナの面影と重なる。
　目の前にフィルターがかかったような気がした。
　風景が、ぜんぶ、セピア色に染まる。
「音子ちゃん…？」
　あたしは、嗚咽をこらえるように口元を押さえた。
「大丈夫？」
　祐哉さんが、心配そうに顔を覗き込んだ。
「大丈夫…」
　必死で言うと、同時に涙がこぼれて落ちて。
　カナは。
　そう、カルーセルにも乗れなかった。
　あんなゆっくりな乗り物でさえ、禁じられていたんだ。
　泣いてちゃダメだ。
　必死で涙を抑えようと努力していると、あたしの左肩に、祐哉さんの手が回った。
　抱き寄せられそうになった瞬間。
　びくっ！　と身体が堅くなって…
　無意識に、身体が逃げるように動いたのがわかった。

　祐哉さんが、ゆっくり手を離した。
　あたしは、涙が止まって…顔を上げた。
「泣いていいんだよ」
　優しく微笑んでる。
　どうしよう。今あたし、かなり拒否的だったかも。
　祐哉さんは、少し淋しそうに見える。
「…ごめんなさい」

傷つけて、しまったんだろうか…？
「…あの」
　あたしは、何を言えばいいのかもわからなくなって。
　祐哉さんが、両手を組んで前に伸ばした。
　そして、あたしに振り返る。

「たぶん音子ちゃんは、まだ生まれていないんだ」
　少し、首をかしげて言う。
「生まれて、いない…？」
「うん。とてもつらいことがあって。
　自分の中に、こもって。
　きっと目覚めさせる何かを待ってるんだ」
「目覚めさせる、…何か？」

　あたしが、目覚めていない？
　目覚めさせる何かを待ってる？
　言葉がうまく理解できなくて、かたまってると。
　祐哉さんが、何か決心したように話し始めた。
「俺ね、フロリダに留学してた頃ね」
　カルーセルに視線を向ける。
「親友だと思ってた奴らに裏切られたわけでさ。
　親も世間体しか考えてねーし。ちょっと自棄になってて…」
　待ち合わせしたカフェで、言いかけたことだろうか。
　祐哉さんにとって何か大事なことを…
　あたしに、打ち明けてくれようとしてるんだ。
「高校生で、あまり金持ってないし。
　なるべく部屋で簡単なもの食っててさ。
　毎日近くの店で、食パンとかチーズとか買って…
　コンビニみたいな雑貨やだったんだけど」
　祐哉さんが、記憶を辿るように目を細める。

「そこの親父さんが、優しい人でさ。
　白人で、40くらいかなあ。
　毎日店に通ってたら、顔おぼえてくれて。
　俺が英語苦手なの知って、ゆっくり話してくれてさ」
　懐かしそう。
「ホント、気のいい人でさ。
　店に行くと、俺は暇だから、ここ座れよって…
　カウンターの中の椅子すすめてくれて」
　日本で、いろんなことがあって傷ついた男の子が。
　外国の街で、優しい人に出会って、癒されていく…
　映画みたいだなあ、なんて…あたしは思いながら聞いていた。
「カウンセリングみたいだった。
　暇な時は1時間くらい根気よく雑談に付き合ってくれてさ。
　ESLなんかよりずっと勉強になった」
「いい人に出会えて、よかったですね…」
　心から思った。
「だんだん俺も元気になってきてさ。
　"おまえは俺の息子みたいなもんだ"って…
　言われた時には、なんか泣きそうになったね」
　あたしも、聞いてるだけで涙が出そうだ。
　鈴華と出会って、鈴華があたしのために泣いてくれて。あの出会いがなかったら、あたしは今も、暗闇にいただろうか。

「俺、ホントにすごく、その親父さんが好きでさ。
　もうじき日本に帰るって頃に、何かあげたいと思ったんだ。
　俺が日本に帰っても、俺のこと忘れないで欲しいなって」
　あたしは頷いていた。
　心が弱っている時に優しくしてくれた人を…
　心から大切に思う気持ちがすごくわかる気がして。
「その親父さん、まだ小さい息子がいてね。

幼稚園に通ってるいたずら坊主でさ。
　親父さんもすごく可愛がってて…」
　少しだけ、言葉が陰る。
「その子の誕生日が近かったから。
　つまんないものだけど、ぬいぐるみをさ…」
　祐哉さんが視線を落とした。
「親父さんが、いつものように店のカウンター内に座ってて。
　息子が店の中走り回ってて。
　俺が、息子を呼びとめてさ。上着の内ポケットに押し込んでたぬいぐるみを出そうとして…」
　祐哉さんが、ジェスチャーをして見せた。
　そうか、今は夏だけど、きっとジャンパーを着てるような季節だったんだ。
「緊張して。ぎゅうぎゅう押しこんでたから、なかなか出なくて。俺が焦ってたら、息子がキョトンとしてさ。
　すげぇ可愛いのな、ちっちぇー白人の子…」
　金髪の男の子の前で、焦ってる祐哉さんを思い浮かべた。
　ひどく、微笑ましい…

「カチャ、って…　音がしたんだ」
　祐哉さんがうつむいて、それだけ言った。
「音…？」
「俺はたぶん、その時生まれたんだと思う」
　祐哉さんがあたしを見た。
「その音を合図にして、生まれた」
「意味が、よく…　わからない」
　祐哉さんの後ろで、カルーセルがゆるやかに回っている。
　こぼれる光と音楽が、幻想的でせつない。
　目の前にいる男の人が、近くて遠い───
「拳銃の、安全装置を外す音だった」

あたしは、息を呑んだ。
「俺が、内ポケットから何か出すかもしれないと、思ったんだろうね。銃でも、刃物でも、息子に危害を加える何かを」
「あの、…祐哉さん」
　あたしは反射的に、彼の腕に手を伸ばした。
　見えない彼のキズを、あたしの手で覆うように。
　祐哉さんは、妙に落ち着いている…

「親父さんは、カウンターの内側に銃を備えてた。
　怪しげな男たちが店に来た時…カウンターの内側で、銃の安全装置を外すのを見てたこともある」
「…」
「武器を備えるのは当然だ。家族を守るために。
　怪しい人間には銃を構える。そういう土地柄だった」
　祐哉さんは、あたしを見て微笑んで。
「俺はその時、さりげなく息子に背を向けて、ぬいぐるみを出してさ。大袈裟に親父さんに見せながら、息子にあげたんだ。
　喜んでくれてさぁ…」
　祐哉さんが頭をかいた。
「音には気付かなかったフリをした。親父さん、ちょっと気まずい顔したけど、すぐ笑顔になってさ」
　あたしは、聞いていて息苦しくなってきて…
　気付くと、涙がこぼれそうになっていた。
「ごめんな、こんな話しちゃって」
　あたしは、首をぶんぶん振った。
「でも俺、しばらくめちゃめちゃ落ち込んだけど。
　でも目が覚めた気がして…。それで思った」
　祐哉さんが、あたしをじっと見た。
「俺も、本当に大事なものを、いつか絶対に手に入れてやるぞって」

「本当に大事なもの…?」
「そう、本当に大事なもの。
　親父さんにとっての、息子みたいな」
　祐哉さんが何を言いたいのか、見えない。
「ちょっと仲良くなったからって、親父さんの息子になれるわけじゃないんだ。そんなに簡単じゃねーよな。
　だから俺さ、親父さんの息子になりたいっつうよりは…俺もいつか、俺の息子が欲しいなって思った。娘でもいいけど」
　明るく笑う。
「親父さんは奥さんと息子がいて、仲がよくてさ。
　家族を命懸(いのちが)けで守ってた…」
　背後でカルーセルが止まった。
　夕闇(ゆうやみ)を、不思議(ふしぎ)な静(しず)けさが漂(ただよ)う。
「俺も欲しいと思ったんだ。
　心から守りたいと思えるような家族。
　そんで幸せになるんだよ。けっこうビッグな夢じゃね?」
「…うん」
　涙がこぼれる。
　きっとすごく、ツライ経験だったんだ。
　でもそこから大事(し)なものを得て、前に向かってるんだ。
　胸がぎゅっと締め付けられる。
「本当に大事なものは、すげぇ頑張らないと得られない。
　そう思った…」
　祐哉さんがあたしの目を覗(のぞ)き込むように。
「だから、俺のことをわかってくれそうな人を見つけたら…
　全力で行く。
　駆(か)け引きなしでね」

　まっすぐな人なんだ…

124　さよならは時に雨と同じ

あたしを覗き込む目は、とても澄んでいる。
　繊細で前向きな心を持ってる人。
　あたしは、この人が好きになれるんだろうか。
　いや…
　祐哉さんこそ、あたしのことを好きになるとは思えないけど。

「好きになってもいい？」
　いきなり言われて、びくっとする。
「あ、あの、あたし…」
「今日一日、すごく楽しかった。
　このまま会ってると、きっと好きになる」
　頬が熱くなる。
「あの、あたしってつまらない人間だし…」
　思わず言いかける。
　でも祐哉さんは、受け流して。
「戻れないくらい好きになる前に――」
　カルーセルがまた、廻り始めてる。もう周囲は暗闇だ。
　きらきらこぼれる光に横顔を照らされながら。
　祐哉さんは優しく、微笑んで。

「返事待ってる」

第5章
Departure

一生分　使い果たしたかと思った
泣いて　泣いて
夜が明けて　日が暮れて　夜が明けるまで
眠りと涙でのどが涸れるまで
痛みの向こうの甘やかな闇と
聖書の裏表紙の模様みたいな
静けさを　見るまで

失ったものは
失ったものは　どこからどこまでだろう
もうすでにあたし自身だった　あたしの後ろ姿が見えた

もう二度とのはじまり

この手は、カナの肩を。
　地下鉄は夜も昼も同じ明るさ。
　いつも人がいて、ざわめきがあって…
　揺られてると、なんとなく安心する。
　あたしは、ひとり地下鉄のシートの端に座っていた。
　送ってゆくと言われて、断って。
　どうしよう。
"好きになってもいい？"
"返事待ってる"
　ぐるぐると、頭の中で言葉が廻る。
　あたしは、安易に考え過ぎていたのかもしれない。
　紹介してもらって、お友達になるなんて。
　そんな簡単なものじゃないんだ。
"好きだって言われると舞い上がっちゃうじゃん"
"そんでスルと、ホントに好きになっちゃうってゆーか"
　そういうもの？
　あたし、祐哉さんのこと、好きになれるのかなあ？

　もう夜。
　すいた電車は、妙にだるい空気が流れてて。あたしは、シートの端にぼんやり座って、棒に寄りかかっている。
　少し、考えてみよう。
　付き合う気もないのに祐哉さんと会うのは、よくない。
　なんとなくじゃなくて。
　付き合いたい、と思ったら。
　これからも会いたい、と思ったら…会えばいいんだ。
　あたしは、祐哉さんと会いたいんだろうか？
　一緒にいて、ラクだと思った。すごくいい人だと思う。
　祐哉さんと恋ができたら、幸せになれるのかなあ。
　でも、何かが引っかかってる。

どうしてもあたしは———

　電車が駅にすべりこむ。あたしは席を立って。
　ちょっとうつむいたまま、足元で、ドアが左右に開くのを見ていた。
　ここで降りると、目の前が階段。駅に、出口は２つある。
　この階段は、あたしの部屋から遠い出口に続く。
　もうひとつの出口は、以前、創くんが待っていた。
　すぐ隣のコンビニに寄れるから、こっちの出口から帰ろう。
　…それは言い訳だと、わかってるけど。

　あたしはドアを出て、歩を進めようとして。
　目の前に人影があって、よけようとすると。
「おかえり」
「…え」
　顔を上げると、創くんがいて。
　あたしはちょっと青ざめた。
「遅かったね？」
　…笑顔だ。
　…。

「メールしても、返事がないし」
「…」
「電話も出ないし」
「あ、あの」
　思わず口をはさむ。
「どうして、ここに」
「いつもの出口からは出てこない気がして。
　ホームなら、電車を降りる時に確実につかまる」
「…はあ」

頭が混乱してきた。
 あたしを、待ってたの？
 どうして創くんは、あたし待ってるの？
「どうして、ここにいるの？」
「待ってたから」
「どうして、待ってたの？」
 創くんは、ちょっと首をかしげたまま、答えなかった。
 そして当たり前みたいに、あたしの肩に手を回して歩き出す。
「あ、あの…」

 えーと…
 あたしはつられて歩きながら、思った。
 このペースに巻き込まれてたら、いけない。
 ヘンだよ。なんかおかしい。
 創くんは、カナの彼なんだから。
 あたしは今、祐哉さんとのことを、ちゃんと考えなくては…
 どんどんつられて階段をのぼる。
 創くんは妙に急ぎ足のように感じる。
「あの、どこに…」
 改札を出て、さらに階段をのぼって。
 なんとなく、この間と同じ公園の方に行きそう。
 乱暴なくらい強く肩を抱かれてる。
 いつも以上に、 …強引だ。
「あのっ」
 あたしは必死で、仁王立ちみたいになって、立ち止まった。
 慣性(かんせい)の法則に逆(さか)らうみたい。
 当たり前みたいに前に向かうエネルギーを止めるのって…凄(すご)い勇気が要るんだ。自分を褒めてあげたい。

 創くんが、やっと立ち止まって、あたしを見た。

肩は抱いたままだ。
「あの、あのねっ」
「…」
　目を丸くしてる。
　まるで、あたしが立ち止まるなんて、想像もしてなかったみたいに。
「あの、どこか、入らない？」
「…どこか？」
　不思議そうだけど、気を悪くしている感じでもないので…
　あたしはほっとした。
「あの、コーヒーでも」
　あたしは、店を指差した。
　駅の出口の正面に、ドトールがある。全国チェーンの、手軽なコーヒーショップ。
　創くんが店を見上げて、それから、あたしをじっと見た。
　強く肩を抱かれてるから、顔が近い。
　あたしはちょっと必死だった。
　創くんのペースに、はまってはいけない。
　この人は、カナの彼で、今もカナを愛している。
　そしてカナの代わりに、あたしを守る？
　それって、つまり。
　あたしの中に、カナの面影(おもかげ)を見ているんだ。
　創くんは、カナが好きで。大好きで。
　２年経(た)った今も、喪(うしな)ったことに馴染(なじ)めずにいるんだ。
　カナとあたしを、重ねてる。
　この手は———カナの肩を、抱いてる。

「…コーヒーね」
　創くんが、あたしの肩から手を外(はず)した。
「わかった。コーヒーでも飲もうか」

にこっと笑う。
　何を考えてるのかよくわからない、口元だけの笑み。
　あたしは気まずさを誤魔化すように歩いて、先に店に入った。
「あたしは、いつもカプチーノなの」
　一緒にシナモンロールを買って、それで夕食にしちゃうこともある。
　昼休み頃には、長蛇の列ができたりするんだけど、今は夜のせいか、店はすいていた。
　２人ともカプチーノを頼んで。
　お盆に２つとも載せて、創くんが持って先に２階にのぼった。
　２階はけっこう広いけど、お客が２人いるだけ。
　書類を脇に積んで、真剣な表情でPCに向かってるおじさん。
　机に突っ伏して眠ってる学生風の男の子。

　創くんは、迷わず奥の窓辺に進んで、お盆を置いた。
　大きな窓の前にカウンターテーブルがあって、横に並んで座ることができる場所。真正面に駅の出入り口が見える。
　なんとなく、向かい合うよりも気まずくない気がして。
　あたしはほっとして、創くんの左隣に座った。
「今日は、あの、どうしてあたしが帰ってくるのがわかったの？」
　あたしは、創くんからメールが来ても返事しなかった。
　けっこうメールが来てた気がするけど、よく見てない。
　電話も着信音を消してしまっていた。どうせ鈴華くらいしか、かけて来ないし、鈴華は電話の前にメールくれるし。
「メールも電話も通じないから、この近くまで来てみたんだ」
「それで、なんで駅のホームに？」
　どうしてあたしの行動が読めるの？　怖すぎ。
「まず、今日の昼前くらいに来た。
　いきなり家に行くのもまずいかなと思って…

どうしようか考えてたら、音子が出てきて」
「あ、あたしが？」
「駅に吸い込まれていくから、思わず後をつけて」
　愕然とする。
「あの時、近くにいたの？！」
「どこに行くんだろうと思って。電車降りて、すぐ店に入っただろ？　声をかけようかと思ったけど…」
　頬に血がのぼってくるのがわかる。
「見てたの？」
「うん、男が声をかけるところまで見てた。一瞬ナンパされてるのかと思ったけど、待ち合わせみたいだったし」
「…あそこに、いたんだ…」
　恥ずかしすぎる。
　一番見られたくないところを、見られたような。
「とりあえず頭冷やそうと思って、一旦引きあげて家に帰って」
「はぁ…」
　頭の中がごちゃごちゃになってきた。
　祐哉さんと会ってるところを見て？　頭を、冷やして？
「そろそろ帰って来るかなと思って、駅のホームで待ってた」
　…わざわざ、もう一回来たの？
「…あの、創くん、どうして…」
　喉がカラカラだ。緊張感で破裂しそう。
「あいつ、誰？」
　創くんが、あたしの目を覗き込む。
　…祐哉さんのことを、聞きたいの？
「…いや、答えなくていいけど」
「あの…」
　…答えなくていいの？
　あたしが誰と付き合おうと、興味ないから？
　あたしなんかに興味ないくせに…

待ち伏せしてでも、あたしと会おうとする。
何がなんだか、わからない。

あたしは創くんから目を逸らして、窓の方を見た。
「創くんは、なんであたしにかまうの？」
窓の外が暗いから、内側が映って外がよく見えない。
地下鉄と同じ。鏡みたいだ。あたしの影にふちどられて、駅の出入り口が見える。パラパラと、人が吸い込まれてゆく。
あたしもさっきは、あそこにいたんだ。
「あたしは、カナじゃないし」
「知ってる」
「じゃあ、もう関係ないよ」
「俺たちまた会うって言ってただろ？
　カナのことを話すって」
創くんの顔が見られない。
見ちゃダメだ。そんな気がする。
「あたしたち、会わない方がいいよ。
　創くんは、カナを忘れて、別の人を見つけた方がいい」
「何言ってる？　意味わかんねえ」
「あたしと会わない方がいい。
　あたしと会うと、カナを思い出しちゃうよ」
まだ、あたしは創くんの顔が見られない。
…見るのが、怖い。

少し、沈黙があった。
あたしは、まっすぐガラス窓を見ていた。あたしの隣に、創くんも映ってる。見ないように少し目を伏せて。
テーブルの下で手をぎゅっと握って。
「どうして思い出しちゃいけないの？」
創くんが真面目な声で。

「どうして、って…」
「思い出せばいい。2人で話して、思い出したい」
　御茶ノ水で、カナのことを話して。
　沢山思い出して、一緒に笑って…　すごく楽しかった。
　楽しかったのに、今はもう、話したくない。
　なんだか、ツライ。
　ツライ気持ちが嵐みたいに胸をさらってゆくんだ。
　創くんとカナの、出会いを知って。心の繋がりを知って。
　あたしを守りたいと言われて。
　…どうしてあたしは、つらくなるんだろう？
　涙が溢れてくる。
「…っく」
　泣いちゃいけない、と思うのに。
　するとあたしの左肩が、また強く抱き寄せられた。
　逃げなきゃ。この手を外して、席を立たなきゃ。
　でも、創くんの手の力は入ったままだ。
「俺と会うのがイヤなの？」
「…」
　イヤじゃない。イヤじゃないことが、怖い。
「カナのことを話せばいい。
　きっとラクになる。ひとりで泣くなよ」
「…」
　創くんといると、つらくなるんだ。
　祐哉さんは…すごくいい人だ。あたしには勿体ないくらい。
　彼となら優しい時間を過ごせる。きっと付き合うべきなんだ。
　創くんは、カナを忘れられない。あたしも、同じ。
　カナは特別な女の子だったんだ。

　創くんは、あたしの中に。
　カナを、探してる…

あたしのものではない、夢。

"たぶん音子ちゃんは、まだ生まれていないんだ"
"とてもつらいことがあって。自分の中に、こもって。
　きっと目覚めさせる何かを待ってるんだ"
　祐哉さんの言葉が不意に浮かんだ。
　そう、あたしは。毎日、カナのことを思い出してる。
　今でもよく、泣きながら眠る。泣きながら目覚める。
　どうすれば歩きだせるのか、わからない。
　今はただ、膝を抱えてうずくまってる。
　カナのことを話したい。カナはあたしのぜんぶだった。
"あたしたちよりも強いつながりなんて、どこにもない"
　創くんも…カナが忘れられないんだろう。
　ひとりで泣くのがつらいのは、創くんも同じなんだ。
「あたしと創くんは…」
　創くんが、あたしの頭に自分の頭をもたせかけた。
　鏡みたいに、窓に映る。
「カナを、共有してるだけ…」

「共有？」
「カナがいつも、あたしたちの間にいて。今も、間にいて。
　あたしたちは、カナを…カナの記憶を、共有して———」
「それは、悪いこと？」
　あたしの頭に、創くんが唇を当てたのが、窓に映る。
　カーッとなって、窓から慌てて目を逸らす。
　悪いこと？　カナを共有するのは、悪いことなのかな？
　わからない。
　創くんは、カナと似ているあたしに、会いたいんだ。
　あたしの中にカナを探してる。
"遠くから見ると、カナによく似てる"
　御茶ノ水で言われた言葉を、思い出す。

どうして、あたしはイヤじゃないんだろう。
　こんな風に抱き寄せられていても…イヤじゃ、ない。
　創くんは、カナの彼だから。なんだか家族みたいなんだ。
　カナと抱き合って眠っていたあの頃を思い出す。
　不思議な安心感。
　あたしはカナのことを話したい。創くんもきっとそうなんだ。
　ずっとカナのことを話しながら、行けばいいの？
　あたしたち、家族みたいなもの？
「カナの思い出を話すのは、悪いことじゃ、ないのかな…」
　創くんが、あたしの額のあたりに、自分の頭をコツンとぶつけた。
「悪いことじゃないよ。会って話せばいい。
　ひとりで泣いてちゃ、ダメだ」
「そうか…」
　イヤじゃ、ない。
　こんな風に、抱き寄せられて…
　創くんの体温を感じていると、ほっとする。
　家族なのかな。
　あたしたちは家族のひとりを喪って、身を寄せ合って———

　創くんの額が、いつの間にか、あたしの額に押し付けられてる。子供の熱を測るみたいに。
　創くんの息遣いを、近くに感じる。背に回った腕は緩まない。
「あの…」
　だんだん、頭の中がぼーっとしてくる。
　なんだろう、こんなに近くにいるのに。イヤじゃない…
　なんだか、安心する。カナと抱き合って眠る時みたいに。
　家族…　なのかな。
　カチャ、ガタン。
　背後で音がして。後ろの席に、新しいお客が座るのがチラリ

と窓に映った。年配の男性のようだ。
　頭が、急に冷えてくる。
　そうだよ、創くんとカナは、恋人同士だったんだ。
　きょうだいだったわけじゃない。

　創くんは、カナの恋人で。あたしの恋人ではなくて。
　そして、カナは、もういない。
　あたしが、いるから。カナの影がいるから、創くんは…カナを思い出してしまうんだ。きっとあたしが近くにいる限り、創くんはあたしの中に、カナを見つける。
　いつまでも、カナの面影を追ってしまうんだ。
　あたしはやっぱり、創くんから離れなきゃ。
　こんな風に会うのは、よくない。
「創くん…」
　膝に置いていた手をおずおずとテーブルの上に出して。
　胸を押すように、左手を伸ばす。
　すると伸ばした手が、包むように掴まれて。
　そしてそのまま、創くんの唇が。
　———あたしの唇に重ねられた。

　何が起こったのか、わからなかった。
　スローモーションのように———キス。
　陽が陰る時刻、病院の窓から見た風景。
　お姫様が、王子様と出会う。
　それは、森の中で。美しい物語のように。
　あの時あたしは、夢をみた。
　あたしのものではない、幸福な夢。
　カナは、あの時。

　永遠を夢見たかしら？

「放(はな)さない」
　ゆっくり唇が離れた。
　創くんは… 首をかしげてる。

「どうして、あの…」
　頭の中が真っ白になる。左肩も、左手も、掴まれたままだ。
　残った右手で、創くんを押しやろうとしたけど、力が入らない。指先が震(ふる)える。
　そのまま、もう一度顔が近付いてきて…
　あたしはパニックを起こした。
　反射的に、精一杯の力で創くんを押した。
　すると。
　押しのけたい、という君の意志を一応尊重するよ、…というようなゆっくりした感じで、創くんがそっと手を放した。
　肩と左手が、急に自由になる。
　一瞬、目の前がかすむ。
　世界の遠近感がわからなくなる。

「どうして、…」
　唇が震える。
　創くんは、目の前で。ひどく落ち着いてる…
　頬(ほお)に、血がのぼってくる。
　胸が苦しい。
「あたし… カナじゃ、ない」
「知ってる」
　涙が溢れてくる。
「こんなの…」
　王子様とお姫様は、永遠の愛を誓(ちか)って。
　森の中で幸せに暮らす筈(はず)だったのに。
「困る…」

カナは、特別だった。
でも、消えてしまった。
残されたのは、カナの影でしかない、あたし。
本物じゃないから、輝きを持たない。
残された王子様は、カナの面影を探して。毎晩、街を彷徨い。
カナに似た影を見つけて。
カナではないことを知りながら…
キスをするの？

 帰らなきゃ。
 あたしは無言のまま、両手をテーブルにかけて立ち上がった。
 すると右手首が掴まれる。
「逃げないで」
 頬にカーッと血がのぼる。
 心臓が飛び出しそう。
 とてもじゃないけど、こんなところにいられない。
「帰る…」
「また会える？」
 何を言われてるんだろう。
 もう、何がなんだか、わからないよ。
「会えない…」
「じゃ、放さない」
 胸が苦しい。
 息苦しくて、倒れそうだ。
「創くんは、なんか勘違いしてる…」
「意味わかんねぇ」
 あたしは手を引こうとしたけど、掴まれた手首はびくともしない。
「俺たちは会わなきゃダメだ」

「あたし、あの…」
　あたしは涙目になった。
　この人のペースに巻き込まれちゃいけない。
「会う、理由がない…」
「理由はある。音子を守るって決めたんだ」
　なんで、あたしが創くんに守られるの？
　カナの彼なのに。
　カナを愛しているのに。
「あたしは、会いたくない…」
「嘘」
　嘘？
　嘘なのかな？
　あたし、創くんに会うのが怖い。
　カナを愛してるのに、あたしを守りたいと言うこの人に…
　会いたくない。本当に会いたくないんだ。
「放して…」
「"また会う"と言うまで放さない」
　あたしは、途方に暮れた。
　冗談みたい。まるで…床に寝転がって暴れてる子みたいだ。
　欲しいものが手に入るまで、いつまでも。

　会いたくない。
　会うのが怖い。でも、他になんて言えばいいの？
「また会う…」
　創くんが、ゆっくり掴んでいた手首を放した。
　数秒の沈黙。
　創くんが見られない。どんな顔であたしを見てるんだろう。
　あたしは目を伏せたまま、テーブルの端に置いてあったバッグを掴んだ。
　そして無言のまま、創くんに背を向けて。

小走りで階段まで行って、駆け下りて。
そのまま、逃げるように店を飛び出した。

物語の主人公は、美しく愛らしいお姫様。
王子様と出会い、キスをして。
And they lived happily ever after.
でも時に、運命のように、雨は降る。
そして揺るぎない恋人同士を、死が分かつ。
お姫様は消えてしまった。

"泣いて　泣いて
夜が明けて　日が暮れて　夜が明けるまで
眠りと涙でのどが涸れるまで"

都会の夜、星は見えない。
走るあたしの背を、月が追う。

"失ったものは
失ったものは　どこからどこまでだろう
もうすでに　あたし自身だった
あたしの後ろ姿が見えた"

カナは、もういない。
煙になって空に消えた。
そしてあたしを連れて行ってしまった。
ここにあるのは、カナの影だけ。
あたしはもう、この世界にいなくていいんだ。

"もう二度とのはじまり"

第6章
忘れていた夢

忘れていた夢を
拾い上げて　ほこりを払い
くちづけるように

大事だったものが大事であり続ける
奇跡のように
いつまで　いつまでもという言葉を
子供のように口にできる？

愛していたと
いつでも　告白は　過去形でしたね

いきなりの尋問は。

カナを間に挟んで、3人で並んで。
道の両脇に大木が連なる、中学の帰り道。
空を覆う碧————
隣にいる、幸せな恋人同士を横目で見ながら。
あたしは、ずっと、ひとりでいるような気がしていた。
2人を見ていたかった。
でも、本当は。あたしはずっと、カナを羨ましいと…
カナになりたいと、思っていた。
華奢な手足、ふわふわの髪。
儚く愛らしい天使の微笑み。
カナを見つめる、愛情をこめたまなざし。
優しくカナに差し伸べられる手。
眩しく切ない横顔————

それが、あたしには決して得られないものなら。
あたしは、そっと。
消えてしまえばいいんだ。

眠れない…
心臓が脈打ってる。
ドキドキして止まらない。胸が、苦しい。
あたしは膝を抱えて、ベッドの中で、丸まっている。
触れられた場所に触れてゆく。
肩と、左手を右手でたどって。
指先が唇にたどりつくと…
眩暈のような切なさが突き上がってくる。
それは、刺すような鋭く甘い痛み。
リピートしてしまう。唇が重ねられた場面を、何千回でも。
眠れなくて、胸を押えて。切なくて苦しくて涙がにじんで。

―――どうしてキスしたの？
理由はわかっている。
創くんは、カナを忘れられなくて。
あたしの中に、カナを見つけて。
カナに…
キスを。

―――――――――
――――――
―――
…
ドン、ドンドン…
ドンドン…
布団をかぶり直して、丸くなる。
なんだか、うるさい。
ドン！ドン！ドン！！
バサッ！
あたしは思わず布団を跳ねのけて起き上がった。
ドアが、叩かれてる？
あたしの部屋のドア？？
冷水を頭にかけられたような気がした。
えーと…
もしかして、創くん？　家まで来ちゃったの？？
サーーッと青ざめる。
創くんだとすると…
ど、どうやって断ればいいんだろう。
（彼の意志の前ではあたしの意志など…
　一瞬で握りつぶされる枯れ葉のようなものだ。
　ああ、いい表現思い浮かばないけど）

恐る恐るベッドから下りて。
抜き足差し足で、玄関へ向かう。
「…あ」
覗き穴の向こう。鈴華が顔を近づけてる。
あたしは慌ててドアを開けた。
「ここ、インターホン壊れてるでしょ。
　手、痛くなっちゃったよ〜〜」
開口一番に鈴華が言う。
「ごめん、壊れたままにしてるの。セールスの人とか、怖くて」
ピンクのタンクトップにシースルーのTシャツ、短パン。
ドアを開けると同時に、夏が飛び込んできた感じ。
手にはコンビニ袋を提げてる。
「一体どうしちゃったのよネコ〜〜〜」
「いや、あの…」
あたしはと言えば、高校の体育の時に着てたポロシャツに、パジャマのズボン。髪はボサボサ。
「もう3日も大学に来ないしい、ホント心配したよ。
　メールも全然返事来ないし」
もう3日もサボッちゃったんだ。
何の連絡もしなくて、悪いことしちゃった…
「…上がっていい？」
「うん…散らかってるけど」
赤いヒールの靴を脱いで、鈴華があたしの部屋に上がってきた。
「祐哉くんのこと、ごめんね。いい人かと思ったんだけど…
　彼、なんか、悪さした？」
そうか…
祐哉さんと会った次の日から連絡取れなくなっちゃったから。
祐哉さんが誤解されちゃってるんだ。

ああ、そんなことも全然気付かなかった。
「う、ううん、悪さとか、そんなこと全然なくて。
　えーと、あの…いい人だった。
　別に祐哉さんのせいじゃなくて…」
　クッションを鈴華に勧めながら、どう言おうか考える。
　…どう言えばいいんだか（泣）。

　鈴華が、コンビニ袋をゴソゴソして。
　あたしにローズヒップ入りのお茶のペットボトルをくれた。
　最近、これがお気に入りらしい。
「あまり食べてないんじゃない？　食べた方がいいよ～」
　アルファルファとローストチキンのサンドウィッチを手渡される。
「あ、ありがと…」
　優しさが身に沁みる。
　そういえば逃げ帰って以来、ろくなもの食べてない。
　ケータイの電源を切って、ベッドの中でうだうだしてた。
　鈴華に、創くんのことを、どこまで言ったっけ。
　御茶ノ水で会って、長く話したって言ったのは憶えてる。
　でも、その後、公園で会ったとか…
　大学で待ち伏せされたとか…
　全然言ってない（泣）
　ましてや、３日前のことなんて———
「手出しされた？！」
「は？」
「祐哉くんにちゅーとかされたの？！」
　いきなりの尋問は、不意打ちだった。表情が作れない。
　一瞬時が止まって。
　それからカーーーッと…
　真っ赤になってしまった。

「…されたんだ」
「あ、いや、あの」
「あーもう、ネコと全然連絡つかないしさ、祐哉くんつかまえて聞いたらさ。彼、"フラれたかも"とかちらっと言ってて…」
「あ、あの、鈴華…」
「あーーーもう、あんだけ言ったのに！！
　ピュア〜〜で怖がりだから、ゆっくり、ゆっくりねって！！
　ネコは絶滅に瀕した天然記念物なんだからねって〜〜〜」
　イリオモテヤマネコかあたしは。
　思わずあたしがボー然としてると。
　目の前で鈴華が、どんどんコーフンしてゆく。
　ど、どうしよう。
「あの、鈴華ちゃん…」
「今度ヤツに会ったらぶっ飛ばす！　蹴り入れる！！」
「ち、ちがうの〜〜〜〜っ！！」
「違うって…。えっ…まさか、キスじゃ済まなかったの？
　ヤラレちゃった？」
　鈴華の顔が蒼白になってる。
　この話の流れで、どうしてそうなるの？！
「ちがうちがうちがう、あのね、別の人なの」
　あたしが、必死で言うと。
　鈴華が、あっけにとられた顔をした。
　そして、数秒置いてから。
「えええええぇ？！」
　誰にも言うつもりなかったけど、しょうがない。
　あたしは、観念した。
「祐哉さんと会った日の帰りに、偶然、同じ地元の人に会ったの。えーと、中学と高校が一緒の、先輩」
　妹の彼氏とか、そういうのはとても言えない。

これなら、嘘じゃない気がする。
（厳密に言えば、偶然会ったわけではないけど）
　そうだよ、創くんは中学と高校の先輩なんだ。
　鈴華だって…彼氏の拓真は同じ高校の先輩だったわけだし。
「へぇ…」
　鈴華が目を見開きながら、座り直した。

「それで、あの…」
　そこまで言うと。
　あたしはカーッとなってしまって、膝を抱えて顔を埋めた。
「…」
　鈴華が、黙り込んで。
　ペットボトルのお茶のフタを開けて、飲んで。
「えーと…。まあ、無理には聞かないけど…」
　あたしは、膝に顔を埋めたまま。
「でも、ネコってずっと真面目に大学通ってたじゃん。
　なのに祐哉くんと会った途端に３日も休んでさ。
　心配したんだよ～」
「ごめん…」
「謝ることじゃないよー。同郷の人って特別だもん。
　中学と高校が同じなんて、超盛り上がるよね…」
「…」
「そっかー。そんなことがあったんだ。
　祐哉くんと会った日に、偶然かぁ…。
　そういうことってあるよね。
　男って続けざまに現れるもんなんだよねー」
　鈴華が、しみじみと頷いてる。
「あ、あの、ごめん…」
　あたしがつい、また謝ると、鈴華は勝手に色々納得してくれたようで。

あたしのすぐ隣に座り、耳元で力強く囁く。
「そんで、ネコ悩んじゃったんだー。
　祐哉くんにはさ、あたしと拓真がうまく言うよ。
　大丈夫、安心して」
　膝から顔を上げると、鈴華があたしの顔を覗き込んで。
「その人と付き合うことになったんだよね。
　好きなんでしょ？」

　好き？
　鈴華の言葉に、ぶん殴られた感じ。
　ぐゎんぐゎんと言葉が頭のなかで響く。
「好き…」
　あたしはもう一度、膝に顔を埋めた。
「なのかな…」
　鈴華があたしの肩をぎゅーっと抱いた。
　カナを思い出す、小さな柔らかい手。
「真っ赤になっちゃってかわいー。
　よかったねっ！　あたしも、正直東京のオトコより、同じ地元のオトコの方がいいと思うな！」
　なんか、すごく喜んでくれてるみたい。
　ごめん、鈴華。あたしは心の中で、呟いた。
　とても言えない。
　───創くんは、カナの彼で。
　付き合うとか、そういうんじゃないんだって…

　あたしは、顔を上げて、鈴華をちらっと見た。
　嬉しそうに頬を紅潮させてる。
　あたしの幸せを願ってくれてるのに。
　…ごめん。
　もしかしたら、ずっと前から…

あたしは創くんが好きだったのかもしれない。
カナと創くんの幸せを心から願っていた。
その気持ちは嘘じゃなかったと思う。
あのまま、カナが生きていたら、ずっと。
この気持ちは箱に閉じ込めて、フタをして。
心の奥底に埋めてしまえていたのに、気付いてしまった。
創くんが、好き。
創くんは、カナと似てるあたしと会いたい。
あたしは、カナのことを創くんと話したい。
邪魔なのはあたしの───創くんを好きな気持ちだ。

カナは特別だった。
創くんはカナを喪って、悲しみに暮れ。
街を彷徨い、カナの面影を探してる。
あたしは、何の輝きも持たないけれど。
カナに似ている。
だってあたしは、カナから生まれた影。
身の程は知っている。
だから必死で、気持ちを閉じ込めていたのに…
恋が、目覚めてしまった。

なんて、残酷なんだろう。
あたしの好きな人は。すごくあたしと会いたいみたい。
笑っちゃう。
こんなの、どう説明したらいいんだろう。
あたしの好きな人は…
カナを愛してる。
カナを探して、カナに似たあたしを求める。
あたしは、カナの代わり───
レプリカ（模造品）なんだ。

好き。
どうしようもなく、好き。
あたしは、また膝に顔を埋めた。

夕暮れ、森の中で。
カナにキスしてるのを、見ていた。
あの時からずっと。…恋をしていた。
誰かを愛して。
愛した誰かに、愛されて。
そんなの、奇跡(きせき)みたい。
あたしには、決して手に入らない夢みたい。
そう思った…

あたしの大好きな人は、妹の恋人。
手に入らない夢は。
きらきらと、いつまでも輝いていて欲しい。
あたしは、ここにいるから。

廻(まわ)るカルーセルを
ずっと見ているから———

疑問は率直に聞いてみましょう。

「…ネコ？」
 鈴華の手が、あたしの肩を揺さぶった。
「ネコ？　ねえ、まさか寝ちゃったの？？」
 あたしは———
 どうしたらいいんだろう。
「ネコ！！　顔色、悪い！！」
「…そう？　大丈夫」
 膝から少し顔を上げる。
 あたしは、カナと違って強い。
 …あまり運動は得意じゃないけど。
 なかなか風邪もひかない健康優良児だった。
 ちょっとだけ、頭痛いけど。
「真っ青。フラフラしてるよ。あー、ちょっと待ってて！！　おとなしく寝てな！」
 鈴華が素早く玄関へ行って靴を履き、部屋を飛び出して行った。
「ダイジョーブだよ、鈴華ちゃん…」
 鈴華が出て行ってしまった部屋で、ぽつり言う。
 なんだかすごく眠い。
 あたしはベッドに上半身をもたせかけた。

 あたしたちの中学と、病院は並んでいて。
 その周囲は森。山あいで、川の源泉が近い。
 水は水質検査をしてもちゃんと基準値内で、そのままボトルに詰めて売る業者さんもいるくらい。
 空を覆う碧があたしたちを熱から守る。
 キレイな水が小さな滝をつくり、水煙がたちこめる。
 夏の日も不思議に涼しくて。
 病院が隣にあることで、あたしたちは安心して。

よく森の中で話していた。
　あたしは、よく気を遣って席を外そうとして。でも、カナが
あたしを呼びとめて。
　3人で話す時は、いつもカナが中心で。
　カナは頭がよくて、話が上手で。創くんはニコニコして聞いて
いて。眩しそうに目を細めて。
　あたしは───
　創くんの横顔を、時々そっと、盗み見て。

「ネコ？」
　そっと肩を揺すぶられて。
「…」
　あたしは目を開けた。鈴華が心配そうに覗きこんでる。
　ベッドに突っ伏して、うとうとしてたみたい。
　少し頭痛がして、なんとなくクラクラする。
「ポカリ飲みな。きっと脱水気味なんだよ」
「脱水…？」
「この部屋暑いから、汗かいたでしょ」
　確かに電気代が怖くて、エアコン弱めにしてる…
「汗かいて水飲むだけじゃ、電解質が足りないんだよ」
「…詳しいね。お医者さんみたい」
　あたしは、ポカリスエットのペットボトルを受け取って。
「元カレの口癖。陸上部で長距離ランナーだったの」
「…」
　ポカリをごくごくごく、と飲むと。喉が渇いてるつもりはな
かったのに…1分もしないうちに頭痛が和らいだ気がした。
「あたしイロイロ経験あるからー」
「…ありがと」
　さすがだ。

鈴華に勧められて、ベッドに横になる。
　どうもあたし、東京に来てからずっと、なんだか緊張してたみたい。しばらく眠りたい。
　創くんと別れて、家に帰ってから、メールが来て。
　"いつ会える？"って書いてあったから。
　"しばらく間を置いて欲しい"って返した。
　"しばらくってどのくらい？"ってまたメールが来たから。
　悩んで。
　"1週間くらいは"って返した。
　彼があたしと会いたいのは、わかる。
　なんで彼があたしと会いたいのかも…
　なんとなく、わかる。

　あたしは…
　創くんに会いたい。
　そう思ったら、涙がこみあげてきた。
　あたしのこと好きじゃなくても、会いたい。
　カナの代わりでも、会いたい。
　キスされた時…胸が震えた。
　影だったあたしが、あの時だけ…カナになったみたいだった。
　物語はいつも、あたしの外にあって。
　あたしはスクリーンの前にいて、幸せな恋人同士を、見てる。
　そう思っていたのに…
　あの時だけ。自分が主人公になったような気分が降りてきた。
　幸福な、夢。
　あたしは、本当は。
　この世界にいなくていいのに。

　気付くと、鈴華があたしの頭をなでてくれていた。
「ごめん…　ぼーっとしちゃって」

ベッドで、コットンブランケットにくるまりつつ。
「いいんだよ〜。ここにいるからゆっくり眠りな。
　色々初めてで舞い上がってんだよね?」
　鈴華は、あたしが同郷の彼との恋で、いっぱいいっぱいになってると思ってくれてるみたい。
　実際、あたしの頭は…
　好きな人のことで溢れそうだけど。
「次にいつ会うの?　もう約束した?」
「まだ…」
「会った方がいいよ〜。
　ひとりでぐるぐるになって脱水起こしてちゃダメ!」
　あたしの頭から手を離す。
「そうだよね…」
　あたしは、恋愛にも、人生にも…参加してなかったみたい。
　わかんないことばかり。

　鈴華がうんうんと頷きつつ、立ち上がった。
「なんかほっとしたよ〜。ずっと心配してたからさ」
　んーっ!と唸りながら、首を左右に曲げる。
　そう、わかんないことは…聞けばいいのかも。
　色々経験してて、優しい人に。
「鈴華ちゃん…」
　あたしは、ぽつりと言った。
「ん?」
　鈴華が反り返るようにストレッチしながら、あたしの方をちょっと見た。
　あたしは、夏掛けを口元までかぶって。天井を見ながら。
「セックスってどうやってするの?」

　鈴華がそのまま背後に倒れた。

正直な気持ち。

　鈴華が倒れたまま、腰をさすってる。
「ご、ごめん鈴華。大丈夫？」
　あたしは慌てて起き上がって、鈴華を覗(のぞ)きこんだ。
「イタタ…。あ、ちょっとぶつけただけ。全然ダイジョーブ」
　鈴華が腰を押えながら起き上がる。
「びっくりした〜。ネコどうしちゃったの？　ひゃー」
「ごめん、ヘンなこと聞いて」
「いや、変ってゆーか…
　あの、まさか、アレがどうするものか、知らないトカ…」
　あたしは、ちょっと赤くなった。
「知らなくはないと思うんだけど…」
「じゃ、何が聞きたいの？」
　鈴華が、きちんと座ってあたしを見た。
　頬が赤いけど、心底(しんそこ)不思議そうだ。
「なんかね、よくわかんないの」
　あたしはベッドに座って、コットンブランケットをぎゅっと握って。
「どうすると始まるのかなあって…」

　いつも、3人だった。
　席を外そうとしても…いつも、カナがあたしを呼びとめて。
　いつ止まるかわからないハートを抱(かか)えて。
　あたしの手をぎゅっと握って離さなかったカナ。
　カナが、もしあのまま生き続けて。
　手術が成功して、心臓が完治(かんち)する日が来たら。
　カナはいつか———
　握っていたあたしの手を放しただろうか。
　そして、創くんと2人。
　森の中へ消えて…

しばらく、沈黙があった。
「あのさ、ネコ…」
「ん？」
「あの、同郷の彼に、そんなに迫られてんの？」
「いや、そういうことじゃないけど…」
　あたしはちょっと赤くなって。
「みんな、どうやってそういうコトになるのかなあって、疑問に思ったの」
「どうやってって…」
　鈴華が頭を抱えて困ってる。
　あたしは申し訳なくなってきた。
「ごめん、変なこと聞いて。
　あの、つい聞きたくなっただけだから、気にしないで」
　鈴華がちょっと真面目な顔になった。

「…あのさあ、まず言えるのはさ。
　あたしはそりゃ、経験が、えーと…」
　鈴華が指折り数え始めた。
　じっと待ってたら、右手と左手と全部指を折って、左手を折り返して…右手を折り返し始めた時に、あたしは思わず。
「あの鈴華、そんなの告白しなくていいから」
「あーもう、とにかくたくさん！
　けっこうイロイロあったけどね。でも言いたいのはね、どんなに経験してもわっかんねぇってことよ」
　思わず目を丸くする。
「…わかんないの？　そういうものなの？」
「うん、よくわかんない。男によってぜーんぜん違うんだよ。
　顔がひとりひとり違うみたいなもんよ」
「そうなんだ…」
「そりゃ、男に任せてればなんとかなるけど。

始まり方も、始まってからも…男によって全然違うの」
「…」
　想像もつかないけど。

「そりゃ、付き合う期間は毎回短かったけどね。
　あたし、タメとかいっこ上とかしか付き合ったことないし。
　付き合う相手としかしなかったし。
　すごく慣れてる人なんていなかったんだよね。慣れてるよーなこと言ってても、ヤってみりゃ所詮コドモなんだよ、お互い」
「そうか…」
　自分の知らないこと知ってると、大人びて見えるけど。
　所詮コドモか…
　そう言える鈴華に、凄みを感じるんだけど。
　やはり経験ってスゴイ。
「いつもこれでいいのかなーってドキドキしてる。
　でも、どうすればいいかは自分が知ってるんだよね。
　誰にも教わってないのに、なんで知ってるんだろあたし？っていつも思う」
「…」
「何人経験しても、結局いつも、自然にしてるだけ。
　本能でしてるだけなの」
「そういうものなんだ…」
　あたしは、ちょっとびっくりした。

「…経験してる割に頼りになんないと思った？」
　顔を真っ赤にしてる。
　…可愛い。
　あたしはぶんぶん首を振った。
「だから怖がること、ないよ。

自然にしてたらできるよ。特に女は。
　実は男もけっこうそうだと思ってる（笑）
　今まで、自称テクニシャンがテクあったこと、ないから」
「そういうものなんだ…」
「セックスが完全にスポーツだと割り切れる人は違うのかもしんない。でも、あたしは愛情がないとなんか感じないんだよね。
　上手いだろ？　みたいにサレても逆にコワバルってゆーか」
　すごく想像つくなあ…
「今まで一番上手かったのは、テクっていうよりね。
　あたしがホントにすっごく好きでー。
　相手があたしのことホントにすっごく好きでー。
　あたしの反応を見て可愛がってくれる人ってゆーかー。
　…つまり拓真なんだけどねっ」
「…ちょ、ちょっとそれ」
　どんな顔をして聞けばいいのか…
　あたしは、自分が耳まで赤くなったような気がした。
「不安に思うこと、ないよ。好きなんでしょ？
　それがすべてだから、それだけでダイジョーブ！」
　鈴華が笑って、掲げるように大きくVサインを作った。

　鈴華がモテるのはわかる。
　沢山経験してても、スレてないっていうか…
　心がキレイで、可愛いんだ。
「あの…　ホントに、ありがとう」
　鈴華が、すごく正直に気持ちを教えてくれて。
　あたしは感動していた。
「そういうの、教えてくれる人いないから、すごく助かる…」
　鈴華が少し照れたように笑って。
　それから目を伏せて、ちょっと考えてる顔をした。
　立ち上がって、あたしのベッドに腰掛けて。

「あのさ、ネコ」
　真剣な口調だ。
「結局アレって、男がするもんなんだと思う」
「男が、…する？」
「ほら、男が使用可能になんないと、できないじゃん」
「あ、ああ…　そういうこと」
　いちいち赤くなってしまうなあ。
「正直、女って受け身なの。
　カラダがそうなってるから、どうしようもない」
　鈴華が、そう言ってから、前で腕を組んで。
「まー人によるのかもしれないけどさ……」
　鈴華が首をかしげた。
　…そのまま考えこんでしまった。
　じっと動かないので、あたしは思わず肩をつついた。
「あ、ごめん、つい考えちゃった。
　いろんなやり方ありそうだもんねー」
　鈴華がちょっと赤くなる。
「結局、あたしはそうだとしか言えないんだけどね。
　女には始められないんだ」
「始められない？」
「うん。待ってるだけなの。
　来た時に、拒否することはできるけど。
　まーあたしなんて、拒否っててもつい流されちゃうけどー」
　鈴華が苦笑する。
「そっか…」

　カナは。
　身体が弱くて。あたしがいつも近くにいて。
　創くんには、始められなかった。

だからあの2人はいつも。
　　そっとキスして。
　　手を握って、そっと抱き合って。
　　先に進みたくても、進めないまま———
「でも来てくれないかなーって時にね。
　　サインを出すことはあるよ」
「サイン…」
「これも誰かに教わったわけじゃないから、他の子は知らないけどね。あたしは、いつも触るの」
　　思わずカーッと赤くなる。
　　すると鈴華が慌てた顔をして。
「違う違う！　そーゆーとこじゃなくて！！
　　あー処女の妄想ってヤバいよなー。
　　触るっていっても、腕とか、肩とか！！」
　　あたしは、さらにカーッと赤くなった。
　　は、恥ずかしい。
「そっか。腕や肩…」

「それも人によるから、他の子は全然違うかも。
　　あたしはそうなの。
　　好きだなーって思うと、つい触っちゃうじゃない」
　　鈴華がちょっと赤くなった。
　　可愛い。
「何でもいいの。耳とか、背中とかね。
　　好きだなーって思いながら触ってると…
　　ガーッと押し倒されて、始まる」
　　呆然とする。
「あ、あの、それだけで、そうなるもんなんですか…」
「そうなるもんです！…といっても、あたしの場合だけどね。
　　ホント、人それぞれなんだよ〜」

ちょっと今…
　目からウロコが落ちたような。

「鈴華、ありがと…　すっごい勉強になる…」
　鈴華って…
　天使みたい。とあたしは思った。
　自分だけの大事なものを、惜しみなく分けてくれる天使。
　天使のような妹が消えてしまったあたしに。
　別の天使が舞い降りて———
　神様っているのかもしれない。
　ちょっと涙がこぼれそうになる。

　すると鈴華が、何か誤解したみたいで。
　あたしに身体を寄せて、肩を抱いた。
「不安なんだよね。最初は怖いもんね」
　小さな手の温かさに甘えて。
　あたしはおとなしく、鈴華の言葉を聞いていた。
　優しいピアノ曲の旋律を聴くように。
「ホントに好きだーって思うまで、しなくていいんだよ」
「ホントに好きだーって思うまで…？」
「あたし、最初の彼に告られて付き合ってさ。
　こんなに思ってくれるならいいかなって、すぐしちゃったの。
　でも、後悔してる」
「後悔、してるんだ…」

「うん。結局すぐ別れちゃって。
　その後、こんなものなのかなあって思っちゃって。
　いろんな人と付き合ったけど…一番最初、ホントに好きだーって思うまで、しなきゃよかった」
　鈴華が、少し遠い目で前方を見て。

「どんな恋だってさ、終わる時は終わるよ。
　でも、カラダだけ始めちゃったら…
　終わることもできない。始まってないから」
　あたしを見て、苦笑する。
「すごく好かれてたら、してもいいって思ってたの。
　でも、逆だった。
　自分がホントに好きだったら、後悔しないんだよ。
　後で、相手はカラダめあてだったんだなーってわかっちゃったとしても」
　鈴華が、ちょっと遠い目で前方を見て。
　それからあたしの肩を抱いたまま、顔を覗きこんだ。

「でも、沢山廻り道しちゃったけど…
　拓真に会えたからいーの！！
　ネコも絶対絶対幸せになるんだよっ」
　優しく微笑む。
　あたしを励ますように。
　一瞬、記憶の中のカナと重なる。
　天使の微笑み———

「ホントに好きな人としたら…
　めちゃめちゃいいから！！」

第7章
しずくがぽたり

しずくがぽたり

もう会えなくてもいいと　思っていた
ささやかにページをめくる
あなたはあなたのまま
あたしはあたしのまま　自由になろうと

２人　同じ高さで違う世界を見ていた
それは一瞬の幻(まぼろし)
ドアを開けて　外は花嵐
風に舞う華やかな散り際に魅(み)せられて
引力に身をまかせる陶酔(とうすい)

最後の　最初の　恋

本物と偽物

梅雨、というよりは台風かも。

部屋の窓。日頃は閉めっぱなしになってるカーテンを、そっとめくる。

まだ夕方なのに、外は真っ暗。そしてどしゃぶりの雨。

あたしの部屋は2階で。

窓のそばに大きな木が立っている。

それが気に入って、この部屋に決めたんだ。

でも、今は、隣の木が。

雨に打たれて、強風にあおられて…

枝が折れそうなくらいにしなっている。

都会にもちゃんと、自然の猛威は襲いかかるわけね。

…なんてことを考えながら。

あたしは頬杖をついて、窓辺で外を見ていた。

鈴華が訪ねてきた日。

サンドウィッチを食べて、何時間もしゃべり倒して。

5時過ぎに鈴華のケータイに電話が入って。

彼が迎えに来て、連れ立って帰って行った。

あたしの、いつ会えるか聞いてくるメールに。

"しばらく間を置いて欲しい""1週間くらいは"

と返してから、返信していない。

鈴華とコーヒーショップで会った日から…

もうすぐ1週間になる。

7月も半ばを過ぎ、休講も増えてきた。

実質的に夏休みに入りつつある。

今日も、自由だ。

何の予定もない。

パパは、新しい奥さんと暮らしてる。
　パパより３つ下で、眼鏡かけてて、優しそうな雰囲気の人。
　もうずっと前に旦那さんが事故で亡くなって。その後独身で働いていて、パパの仕事の取引先にいたんだそう。
　あたしが実家に帰ったら、お互い気詰まりだろうな。
　カナの部屋は元のままにしておいて欲しいから、代わりにあたしの部屋は、好きに使ってねと言ってある。
　たぶん、実家に帰っても…あたしには居場所がない。
　ここ数日、いろんなこと考えて。
　調べたり、電話をかけたりしてた。
　物の少ない、がらんとした部屋。
　真ん中に、ボストンバッグ。

　この夏休み、どうしたらいいんだろうって…
　あたしは、考えていた。
　ううん、夏休みだけではなく。
　あたしはこれから先、どうしたらいいんだろうって。
　空っぽで。
　ひどく自由で。未来が全然見えない。
　根無し草みたいに、足元がおぼつかない。
　鈴華が羨ましいな。
　愛する人に愛されて、ずっと一緒にいるなんて。
　あたしから見ると、奇跡みたいなものだ。
　鈴華には、いつまでも幸福でいて欲しい。
　愛し合っていたカナと創くんも。
　引き離されてしまったのだから———
　死によって、永遠に。

　立ち上がり、クローゼットを開ける。
　あたしはほとんどスカートをはかない。

制服だけはスカートだったけど。
　私服の時は、ずっと、ジーンズばかり。
　ふわふわして繊細な、アースカラーの服を着ているカナの横で、あたしはいつも、Tシャツにジーンズ。
　女の子らしい服や小物は、みんなカナのもの。
　ピンクと青があれば、あたしは必ず青を選んで。
　カナが「可愛いのも似合うよ」って言っても、かたくなに首を振って。
　最初から、全然違うボーイッシュな格好でいればいい。
　ジーンズや、Tシャツを着て。いつも、青や黒を選べばいい。
　そうすれば、ふわふわと可愛らしく華やかな女の子だけに…
　皆、注目するんだ。
　あたしが偽物であることなんて、誰も気付かない。
　比べられない。
「可愛い」はカナのものだった。

　それでも、一着だけ。
　カナと同じ服を持っている。
　どうしてもお揃いを着たいとカナが言うから。
　高校に入った頃、カナのお気に入りのお店で買った。
　麻混で生成りで、ふわっとしたワンピース。柔らかい素材で、とても可愛い。
　部屋の中で着て、カナと鏡の前で並んだ。
　ふざけてカナがあたしの髪を、自分と同じように結って。
　同じ服を着ると、確かに似て見えた。
　でも、似てるからこそ、全然違うことが際立つ。
　まるで、本物と偽物が並んでるみたい———
　あたしはその服を着て外に出ることはなかった。
　カナは、時々着ていて。
　木々に覆われた森の中で…

人が振り向くほど可愛らしかった。

　クローゼットの奥に押し込められていた、そのワンピース。
　捨てられず、東京まで持ってきたけど。
　手に取ってみると、傷みもない。
　ゆっくり袖を通し、当時のように髪を結って…
　カナのように、薄くメイクして、淡いピンクのルージュを引いて。
　あたしは、鏡の前に立った。
　…カナだ。
　ぎゅっと胸が締め付けられる。
　カナの存在を強く感じる。

　———今も、あなたは「このへん」にいる？

　あたしは、部屋の真ん中に放り出してあったバッグを手に取って。
　部屋を飛び出した。
　嵐みたいな雨風の中。

雨は、どこにでも。
　雨は、どこにでも降る。
　真っ黒い空から落ちてくる大きな雨粒。
　叩きつけるように、強く。
　人は木々のように揺れて。
　時に、折れて…

　森のようなあたしの地元と、東京は。
　街並みが違う。緑が違う。
　空の広さが違う。
　でも、闇を叩きつける雨の向こう…
　肩をすくめ歩く人々を見ていると。
　ゆらゆら揺れる景色は、おんなじ。
　見上げると、頬を打つ雨粒。
　都会にも田舎にも。
　とびきり可愛いお姫様にも、あたしにも。
　雨は降る。

　御茶ノ水の駅は、細くて長い。
　JRの駅のホームと沿うように川が流れてる。
　駅と川のあちら側が、住宅街で、静か。
　こちら側が、繁華街で、賑わっている。
　JRの駅を降りて、スクランブル交差点の前に立ち、ぐるりと見回す。創くんは静かな「あちら側」に住んでるらしい。
　橋の向こう、ひどく暗くひっそりと見える。
　キョロキョロしてると、駅前にコインロッカーがあった。
　ちょうど空いてる。
　あたしは、荷物をコインロッカーに押し込んだ。
　身軽な方がいい。

なんだか、我ながら。
自分がよくわからない。
傘と、小さなショルダーバッグだけを脇に挟んで。
ロッカーの扉を閉めて。
あたしは思わず、ちょっと笑った。
滑稽な感じ。
現実はいつも、ささやかだ。

妙に静かで、不安な夜の住宅街。
東京の街で、住所だけを頼りに目的地に行くのは難しい。
でもGoogleマップで調べておいたから大丈夫。
雨がまた強くなった。
傘の柄をぎゅっと握りしめて、坂の多い道を歩く。
あたしは、ケータイにメモしてあった住所を確認して。
3階建ての細長い建物を見上げた。
縦にも横にも細長い、直方体。個人の家にも見える、小さいマンション、という感じ。
エレベーターはなさそうなので、コンクリートの階段をのぼる。
2階… 1階に1部屋しかないので、迷う余地はない。
表札はないけど、郵便受けに小さなラベルが貼り付けられてる。「NAKAOKA」…
あたしは軽く深呼吸して。
それから一度ぎゅっと目を閉じて、インターホンを押した。

ドアの向こう、バタバタと人が近付く気配。
覗き窓からあたしを見てる雰囲気。
一瞬、走る緊張。
カメラのファインダー越しに覗かれているような気分。
ドアが開いた。

「…どうしたの」
　創くんの顔が、心底、驚いてる。
　あたしと同じ、高校の体育着のポロシャツを着てるのを見て。
　思わず、口元がほころんでしまう。
　…すき。
　顔を見たら、抑えてた気持ちが溢れてくる。
　この１週間…　ずっと会いたかったんだ。
「来ちゃった…」
　精一杯、笑う。
　一瞬、創くんの頬に赤みが走った。
「ちょっと待ってて」
　ドアが閉められる。

　あたしは、ドアの前で待っていた。
　多分、そのへんを片づけてるんだ。
　掃除機をかけてるような音まで、聞こえる。
　いきなり来て、申し訳なかった。
　でも、電話なんかしたら、逆に決心が鈍るから。
　７〜８分待っただろうか。またガチャリとドアが開いた。
「…ごめん、待たせて」
　さっきと違うシャツを着てる。
　創くんは、どこか落ち着かない感じ。
　いつもと違って、ちょっとぎこちない笑顔。
　気を悪くしちゃったかな。少し、胸が痛む。
「いきなり来ちゃって、ごめんなさい」
「ううん、驚いただけ。どうぞ、入って」
　ドアを大きく開けて、促される。
　狭い玄関を埋めてるスニーカーやサンダル。
　隙間を探すように、あたしは足を踏み入れた。

あたしは、自由なんだ。
小学校、中学校、高校って…
レールに乗るように進んできた。
大学も、なんとなく、何も考えずに入っただけ。
将来が見えない。
あたしは何をしたいのか、趣味も希望も夢も、何も…
見えていないんだ。あたしには、何もない。
でも、それって…
なんて自由なんだろう。
何をしてもいい。
どこへ行ってもいい。
誰にも強制されず、あたしは。
あたしの意志で、ここに———来た。

　部屋は細長くて。短い廊下の奥が、天井の高い部屋。
　創くんの後について、部屋に入る。
　ベッドと、机とが並んでて。
　本棚に難しそうな専門書が少しと、CDが並んでて。
　床は雑然としていて、服や雑誌の山がいくつかできてる。
　創くんは、机に向かって座ってたみたい。
　ノートパソコンが開いてる。
「邪魔しちゃった…？」
「レポート書いてたけど、急ぎじゃないから」
　言いながら、創くんがタオルをくれた。
「そう…　よかった。ありがとう」
　タオルを濡れた髪や服にポンポンあてていると…
　創くんが言った。
「その服…」
　顔を上げて、創くんを見る。
「カナが、着てた…」

創くんがぼんやりあたしを見てる。
　複雑な、切ない目の色。
　この服、憶えていたんだ。
　カナは、死ぬ直前まで、時々この服を着てた。
　許可を得て、病院の周囲を散歩する時。
　細すぎる手足をワンピースがふんわりと隠して。
　天使のように愛らしかったカナ。
　同じ服を着て。あの頃のカナのように背筋を伸ばしたら。
　カナに見える？
　あたしと、カナが———
　重なる？

「今日、ちょっと…　音子がいつもと違う」
　創くんが、椅子がないからか、ベッドの上に座布団を置いて、あたしに勧めた。
　自分も向かいの床に座る。
　昔ながらの濃紺の座布団は、座ると温かみを感じた。
「そうかな…」
　カナとお揃いの服を着ているからかな。
　あたしは、なんとなく…カナの気分が乗り移ってるかも。
　カナの、ためらいのない、背筋の伸びたような仕草と、
　強くしなやかな微笑。
　カナの存在は…
　儚げな容姿に似合わず、とても強く、光を放っていた。
　あたしには、届かない。
　いちばん近いのに、いちばん遠く感じた女の子。
「あたし、カナみたい？」

　創くんが、虚をつかれたような顔をした。
　遠い目をして———

173

それから、ゆっくりと淋しそうに微笑んだ。
「そうだね。…カナみたいだ」
「そう…」
　あたしでも、カナみたいになれるんだ。
　近くて遠い、あたしの大好きな妹に。
　カナみたいになれたらいいと思った。
　可愛くて華やかで、いつでも皆の注目を集める女の子に。
　…ううん、違う。
　カナになりたかった。
　創くんに愛される、カナに。

「ずっとメールしても返事来なくて…」
　創くんが、視線を落として。
「あんまりしつこくしてもダメかなって。
　１週間経ったから、これから電話しようと思ってたんだ」
　座布団の上であぐらをかいた。
「そしたらあたしが、突然来たの？」
「うん」
「びっくり…　した？」
「うん」
　創くんが、視線を落としたまま。
「驚いた…」

　あたしは、座布団の上で座り直した。
「ごめんね、突然」
「猫みたいだ」
　創くんが顔を上げた。
　音子、と呼ぶ時と響きが違う。
　あたしは思わず、笑って。
「そうかな？」

「追っても逃げたり、…寄ってきたり」
　あたしは少し、赤くなった。
「そういうの、ちょっと夢だった」
「そういうのって？」
「猫みたいになること。
　あたし、音子だから、猫になりたかった。
　ぜんぜん、無理だけど。
　スコティッシュフォールドみたいな猫、憧れ。
　可愛くて、ふわふわで、しなやかで…」
　そうだ。
　ネコという名前のあたしなんかよりも、ずっと…
　カナは、猫みたいな女の子だった。
　とびきり可愛くてふわふわしていて。
　皆に愛されて、でも誰にもつかまらない。
　気高く、美しく———見えた。
「そういうの、困る…」
　創くんがポツリと言うと、立ち上がって。
　ベッドの、あたしの右隣に座った。

「困る？」
　近くに来られると、ドキドキする。
　横を見ると、顔が間近で。あたしは、慌てて目を伏せた。
「そうかな…」
「うん。逃げられちゃうと、困る」
　創くんが、隣で少し密着してる。
「あ、あのね」
　あたしはどぎまぎしながら。
「この服、カナとお揃いなの。
　あたしは、着て外に出ること、なかったんだけど」
「そっか…」

創くんが少し目を伏せて、視線をあたしと反対に向けて。
　表情が見えない。
「同じ服なんか着ると、あたしとカナって双子だったんだなって。全然違うのに、やっぱり似てる」
「ん…　似てるね」
「一卵性双生児って、不思議だよね。
　カナとあたしは、いちばん最初は、ひとつだったんだもん」

　創くんがあたしを見た。
　見つめられると、ドキドキする。
　あたしは、必死で話し続けた。
「ずっとあたし、考えてたの。どうしてあたしだけここにいるんだろうって。もう、カナはいないのに」
　創くんが、少し悲しそうな目をした。
「そんな風に、考えない方がいい」
　カナこそが、本物だった。
　天然のコピー技術で、劣化コピーされた…
　あたしは、レプリカ———

「でも、あたしにもきっと…」
　あたしは小さく深呼吸して。創くんの目を見て。
　静かに、言った。
「あたしにしかできないことが、ある…」
　そう思った…
　だから、来たんだ。

「…何かしたいことが、見つかったんだ？」
　創くんが微笑んだ。

幼(おさな)い誓い

「創くんは、歩き出した方がいい」
　あたしは創くんをまっすぐ見て、言った。
　創くんが不思議そうな顔をした。
「意味が、よくわからない」
　ずっと考えていた。たぶん、これがいいんだ。
「運命」という言葉(ことば)が胸をチラつく。
　カナと共に生まれてきたことも。
　カナが、創くんと出会ったことも。カナを喪(うしな)ったことも。
「運命」で———
　創くんは、カナを思い出にして。
　…歩き出さなければいけない。

　創くんは、あたしの中にカナを探してる。
　あたしはカナの、レプリカだから。
　でもあたしがいる限り、創くんは歩き出せない。
「あたしとカナは一卵性双生児だから、遺伝子(いでんし)が同じ…」
　創くんの目を見て、ゆっくり言う。
「そうだね」
　創くんが穏(おだ)やかにうなずいた。
　あたしは、続ける。
「同じ家に生まれて、同じ遺伝子を持っていても。
　ほんの少しの違いだけで、全然違う人生になるんだね。
　すごい、実感する」
　たとえば心臓に空(あ)いた小さな穴の位置や。
　小さな、環境の違い。
　ほんの少しの、目鼻や表情の違い。
　あたしとカナは、いつからあんなにも分かれたんだろう。
　性格も、外から見える印象も。
「運命」も———

創くんが黙ってあたしの言葉を聞いてる。
「カナとあたしは、ぜんぜん違くて、でもおんなじ…」
　同じものを食べて、同じベッドで眠って。
　いつも、一緒で。
　同じ人を好きになって———
「子供の頃、何度か、あたしたちのデータを定期的に取らせてくれって言われた。
　一卵性双生児を研究している機関って多いのね」
「うん、とても多いね。
　双子は研究対象として、とても興味深い存在だから」
　創くんが話をちゃんと聞いてくれてるのを感じて。
　あたしはほっとした。

「"将来のお医者さん。あたしたちは、天然のクローンよ。
　あたしたちが似てることも、似てないことも、みんな興味深そうに見るわ"」
　創くんがびっくりした顔であたしを見た。
「音子、それ…」
「カナの真似。いかにも、カナが言いそうでしょ？」
　くすくすと、笑う。
「カナは、本当は注目されるのが嫌だったと思う。
　双子で、病気を抱えて、とびきり可愛くて。注目を浴びてばかりで。でも、いつも凛としてた…」
「そうだね。カナは…」
　創くんの眼差しが遠くなる。

　カナを思い出して。
　きっと「このへん」にまだ、カナはいるから。
　あたしが思い出させて…
　そしてカナを連れてゆく。

「あたしも、カナも。見られるのが嫌だった。
　だからいつも、２人で部屋にこもって」
　誰も、あたしたちがわからなかった。
　あたしたちが、何を語り何を思い、何を共有していたか。
「２人だけの、誰も傷つけない世界で」
　２人だけの聖域(サンクチュアリ)に。
　創くんだけが、入ってきたんだ。
「あたしたちは、比べられたくなかった。比べちゃいけないの」
　視線を下げて、ぼんやり中空を見る。
　創くんが、あたしを覗(のぞ)き込むように見た。
「音子」
　つらそうに言う。
　"あたしたちよりも強いつながりなんて、どこにもない"

「カナがもういないなんて、信じられない…」
「音子」
　創くんが、あたしの左肩に手を回した。
「カナが死んだ時に…あたしも一緒に死んだんだと思う」
「そんな風に考えるな」
　肩を揺(ゆ)すぶられる。
　それでもあたしは続ける。
「あたしとカナは、ひとつなんだもん…」
　創くんがあたしを引き寄せた。
　…強く抱き締められる。

　カナを語る言葉は、淡(あわ)く。
　空気に溶(と)けてゆく。
　でも記憶(きおく)の中のカナはどこまでも鮮明だ。

涙が溢れて、止まらない。

あたしは、カナになりたかった。
なり替わりたかったわけじゃない。
カナとひとつになりたかった。
あたしは、カナの影。
影だから、カナと同じ人を愛する。
ずっとあのまま。
どこまでもカナとひとつでいたかった。
頬を寄せて、溶け合うように。
いつでも、何もかもを共有して。
なのに、カナは消えて…影だけが、残されてしまった。
創くん。
———あたしの中に、カナを見つけられる？

創くんが、あたしをきつく抱き締めている。
頭を抱え込むようにして、
好きな人の腕の中で泣くのって、甘い。
好きな人の手で優しく触れられると…
ぜんぶ溶けて消えそうになる。
「音子」
創くんが、切なそうに名前を呼ぶ。
カナ、と呼んでもいいのに。

カナはいつも、とても賢くて凛としていて。
あたしにはわからない言葉で、創くんとも通じ合えて。
それでも、厳しい運命に翻弄されて。
死を前に、あたしの腕の中で震えていた。

「"一卵性双生児のDNAは完全に同一だって、知ってるでしょ

う？　将来のお医者さん"」
「音子…」
「"あたしたちは、存在するだけで…　人が当たり前のように信じる個別性と、自己同一性に疑いを投げる"」
　ぜんぜん違う。
　あたしとは、何もかもが違う、選ばれた美しい少女。
　創くん。
　あたしの中に、カナを———見つけて。

　細い手足、ふわふわの髪、澄(す)んだ声。
　どんな大人を前にしても、物怖(のお)じすることなかったカナ。
　止まりそうな心臓を抱えて、何もかもをわかっているかのように———
　いつも、天使のように微笑(ほほえ)んで。

「"あたしたちは、天然のクローン。
　社会秩序の根底を揺さぶるアウトローだわ。
　すれ違う人たちみんなが…
　あたしたちから目を逸(そ)らせないのよ"」
「音子…」
　苦しそうな声が繰り返し耳元で響く。
「"あたしたちは、同じで、違う。
　２人でひとつ。
　どこから、どこまでがあたし？"」
　カナを感じる。
　きっとカナは、"このへん"にいるんだ。

「"あたしを、見つけて———"」

　抱き締める創くんの手が、一瞬緩(ゆる)んだ。

思わず首をすくめると…
　大きな手があたしの顎を掬いあげて。
"誰にも教わってないのに、なんで知ってるんだろあたし？
っていつも思う"
　───あたしの唇に、唇が重ねられる。

　あたしはこの先を、知ってる。
"いつもこれでいいのかなーってドキドキしてる。
　でも、どうすればいいかは自分が知ってるんだよね"
　あたしは本当は、自由で。答えはあたしの中にあって。

　深いキスに、息もできない。
　思わず右手が泳ぐと…
　創くんの左手に捉えられ、指が組まれる。
　すき。
　あたしが、カナの身代わりに過ぎなくても。

　ゆっくり唇が離れた。
　胸が苦しくて、顔が見られずうつむく。
　あたしの右手は、そのまま創くんの手の中にある。
　創くんの息遣いが聞こえる。
「音子…」
　下から、覗き込むように顔が近付く。
　また唇が塞がれた。
　そのまま、ゆっくりベッドに押し倒される。
　あたしの中に、カナを見つけて。
　あたしを、カナだと、思って。
　怖くて。
　小さな震えが止まらない。

あたしはずっと、目を閉じていた。

"いつかスキな人となら、できるかな？"
窓のそばに大きな木がたってる、カナの部屋で。
飽(あ)きもせず話し続けていた。
中学生だったあたしたち。
まだ、カナが創くんと出会ってなかった頃。
毎日がSleepover（お泊(と)まり会）。
毎日が修学旅行。
いつでも一番の親友と、おでこをくっつけて内緒話(ないしょばなし)。
あの頃は、カナにも未来があると、信じて疑わなかった。
でもカナは、知っていたのかもしれない。
あたしは、広がる未来を、ただ無心に信じていた。

"なんか怖くない？"
"痛そうだよね"
"でもすごーくスキだったら、できると思う"
"えーあたしヤダ"
"ぜったい、その時は言うからね。誓う"

堅(かた)い指きり。
パジャマで、膝(ひざ)を立てて。
枕を抱き締めながらの…

幼い誓い。

第8章
さよならは時に雨と同じ

雨音が聞こえないから。
雨はたぶん、やんでる。

あたしは眠れずに、窓を見てる。
カーテンがゆらゆら揺れる向こう、ほの暗い闇を。

好きな人は、あたしの隣で眠ってる。
横向きで、少し背を丸めて。
さっきまで、腕の中にいた。
そこは、とても温かくて…
この上なく安らかな場所で。
それでも、必ず朝は来るから。
あたしは注意深く抜け出して…
彼が目覚めないように、息を殺して見守ってる。

創くんの、子供みたいにあどけない寝顔を…
あたしはずっと、憶えていよう。
もうすぐ、夜明け。

散らばった服を、そっと集めて身につける。
シンデレラの魔法が解(と)けるように。
夢は終わって、朝が来るから。
大好きな人が目覚めぬうちに。
何もかもを終わらせよう。
ワンピースのファスナーをそっと上げる。
髪を軽く整えて。
注意深く、音を立てないように、ゆっくりと。
ベッドから下りる。
そう、猫のようにしなやかに。
もうすぐカナの時間は終わる。

「んん、…」
声がして、震(ふる)えあがって。
ドキドキしながら、そっと寝顔を覗(のぞ)き込むと、寝息をたててる。
ホッとする。
愛しい———寝顔。
もう少し見ていたい。

でも、朝が来てしまうから。
バッグを拾(ひろ)い。
ゆっくりと忍び足で歩いて。
部屋を出る前に、一度だけ振り返って。
そっと手を振る。

さよなら、創くん。

あたしは、部屋を出た。

天使に会ったことはないけど
きっと　天使ってこんな感じだと思う

きみの寝顔を見ていた
愛でつくられた純粋(ピュア)を見つけた
さよならは時に雨と同じ
人為(じんい)を超えてゆくもの

天使に手を振る

魔法が解けたその先

シンデレラの時間が終わると、現実が待っている。
あたしは御茶ノ水の駅前で、コインロッカーから荷物を出していた。
雨で濡れたままロッカーに押し込まれてたボストンバッグ。
しめっぽく重く感じる。
荷物を肩にかけて、ヨタヨタと歩く。
改札を通って、狭い階段を下りる。
早朝だからか、人が少ない。
制服姿の中高生が電車を待っていて、大きなスポーツバッグを持ってる。部活かな？
JR御茶ノ水は、新宿まで中央線で２駅。
中央線は、快速なので速い。
あたしは、狭いホームをのろのろと歩いて。
やって来た「高尾行き」の電車に乗り込んだ。

鈴華が家に来て、帰ってしまってからずっと。
あたしは、考えていた。
東京にいる意味が見つからない。
あたし、やりたい勉強とか全然ないし。
もう、18歳。
高校は進学校だったから、大学に進んだ子が多かったけど。
就職してる子もパラパラといる。
専門学校で、技能を身につけてる子も。
ビル街の真ん中で、狭い空を見上げると…あたしのやりたいことは、ここにはないような気がしてならない。
東京は、人が多過ぎる。緑も少なすぎる。

ねえカナ、あたし、どうしたらいいと思う？
わかってることは———

創くんの前から、消えなきゃいけないこと。

新宿は早朝でもけっこう人がいる。
あたしはしばらく、ホームのベンチに座っていた。
よく、経験すると世界が変わって見えるって言うけど———
すいた駅のホームで、ぼんやりと。
前を行き過ぎる人を見て。
たとえばあそこを歩いてるサラリーマン風の人が。
家に帰ると奥さんがいて、日常的にあーゆーことを…
あたしは思わず真っ赤になって。
…膝の上の荷物に顔を突っ伏した。
ダメ。
今、あたしの脳内を映像化されたら恥ずかしさで死にそう。
…。
高速バスの時間まで、もう少しあるから。
行く場所のガイドブックとか、探してみようかな。

あたしはよいしょ、と立ち上がって。階段を下りて。
なるべく暇そうな駅員さんをつかまえてみた。
「あの、このへんに大きい本屋さんって…」
若い駅員さんが、面倒くさそうに。
「本屋？　まあ、大きいのは紀伊國屋だろうね」
あたしは、駅構内の地図で新宿紀伊國屋を探した。
駅が広いから、駅を出るだけでタイヘン。
大荷物を抱えて、必死で歩く。
「…ああ、そうか」
やっと辿りついて、気付く。
大きなビルは、静まり返ってる。
こんな早朝に、開いてるわけがない。
ちょっとあたし、ボケすぎ。

ガックリ…。
とりあえず駅に戻りながら。
あたしは時間を見るために、ケータイの電源を入れた。
♪♪〜♪〜
そこでケータイが鳴った。

瞬間、「創くんだったら困るな」と思った。
電源、入れなきゃよかった。やっぱり切っておかなきゃ。
画面を見ると、知らない番号だ。
「…もしもし？」
"蒼山さん？　蒼山オトコさん？"
「あ、あの…」
ネコです、と言いかけたところで、先方が畳み込むように話しだした。
"まあああああ、よかったわぁ、電話が通じて。
わたし、ペンション・モントランブランのオーナーです。
蒼山さん、まだ東京？"
「あの、東京ですけど…」
"ごめんなさいねぇ、本当に申し訳ないわぁ。
ずっとお電話してたんだけど繋がらなくて。
あのね、結論から申し上げますと、お仕事、なくなりました"
「…お仕事が、なくなっ…た？」
"この不況でしょう。夏休みシーズンなのにちっとも予約が入らなくて青息吐息よ〜〜。大学のバドミントンサークルさんが入ってたのに、急にキャンセルになってしまって…
夏はしばらくペンションを閉めることになったんです。
また紅葉シーズンになったら雇ってあげられるんだけど"
「えええぇ？　そうなんですか？　あたしクビ？」
"クビ、というか、ええと…本当に申し訳ないけど、今来てい

ただいても雇ってあげられないのよ〜"

　あたしは、ケータイを握り締めてボー然としていた。
「あたし今日これから高速バスに乗って、そちらのペンションに行くつもりで。もう新宿に出てきていて。
　もう、家に帰れないんですけど…」
　あたしの部屋がどこにあるか、創くんは知ってる。
"大変大変申し訳ないけど、今回のお仕事はキャンセルにさせていただきたいんです。せめてものお詫びに…
　うちのペンションの一泊ペア無料宿泊券をご自宅にお送りするわ。ぜひ、彼氏さんといらしてね☆
　紅葉シーズンにはオープンしますから！"
「は、はぁ…」
"本当にごめんなさい。許してね。それでは失礼いたします"
「あの、…」
　プツッ、ツーツーツー…
　切れちゃった。
　…。
　…。
　どうしよう…。

　あたしは、ケータイ画面をじっと見つめながら、
　頭の中が真っ白になってしまった。
　そう、夏休みに入るんだし。
　住み込みの仕事を探そうと思って…
　必死で求人誌をめくって、ネットも検索して。
　沢山電話かけて。住み込みの仕事が決まったんだ。
　あたしの地元の県だけど、実家からはかなり離れた…けっこう山奥にあるペンションで。
　空気がよくて、のどかで。

秋は素晴らしい紅葉が見られる、と書いてあった。
（夏は何をするんだろう？　とは思ったんだけどね）
明日から見習いで働き始める筈だったのに…
どうしよう。
行き先がなくなってしまった。

　また求人情報誌で探すしかないかなあ。
でももう、あたしの部屋には戻りたくない。
創くんに何も言わずに出てきてしまった。
目覚めて、いないことに気付いたら———
どうするんだろう。
創くんは、あたしを、探すかもしれない。
あたしの中の———カナの面影を。

「…っ」
　あたしは、昨夜の記憶がフラッシュバックして。
思わずケータイを自分の顔面に押し当てた。
頬に血がのぼってくる。
ダメだ、ぜったい。会っちゃダメ。

　———好きな人が降らす
雨のようなキスから
逃れられる女の子がいるだろうか？

東京の真ん中で叫ぶと。
　あたしは、困り果てながら。
　ふと、目の前のビルを見上げた。
　ALTA…
　ここが、あの有名なアルタなのね。朝だからか、人だかりもない。さっき通った時は気付かなかった。
　まだ全然東京に慣れないので、緊張する。
　芸能人が通りがかったりしたらどうしよう…
　思わずキョロキョロしているあたしに…
「何かお探しですか？」
　声がかかった。
　びくっとして振り向くと。
　サラリーマン風の男性が微笑んでいる。

「あ、別にあの、あたし…」
　ちょっと後ずさりながら、曖昧に微笑む。
「お仕事がなくなって、行くところがないんでしょ？」
　爽やかな笑顔で言われる。
　爽やか過ぎて、逆に怪しい感じだ。
「あの、なんでそれを」
「失礼ながら、先程ケータイで大声で話してるのが耳に入りまして」
　恥ずかしい…。ちょっと赤くなる。
「あの、気にしないでください。じゃ」
　あたしが立ち去ろうとすると。
　その人があたしの前にずいっと出て、進行方向を塞いだ。
「待って。僕は君の役に立てるかもしれないよ」
「いえ、いいです。すみません」
　大回りして、彼を避けるように立ち去ろうとすると。
　彼があたしの右肘のあたりを掴んだ。

「大丈夫、安心して。
　僕はレストランをいくつか経営している者です」
「は、はぁ…」
「名刺がこれ。新しいレストランを開くんで、オープンスタッフを探しているんです」
「はぁ…そうなんですか」
　渡された名刺を見ると、
　"Restaurant Le Mas Des Oliviers　総支配人　田中則之"
と書いてある。

「ちょっとかしこまった店なのでね。住み込みで働いてもらいたいんだ。少しずつ、まずはレセプショニストの見習いから」
「えーと…あの」
　いきなり滔々と語られても。
　えーと、フランス料理か何かの店ってこと？
　そんなかしこまった店に、道端で勧誘したような女の子を雇うものなのか…
「早速、詳細について説明したいから。すぐそこの事務所まで。
　これ重そうだね。持ってあげよう」
　あたしが肩にかけている大荷物を、ひょいっと取り上げる。
「あっ…」
　すばや過ぎて、荷物を押さえる暇もなかった。
「いいです、自分で持てます！」
「気にしない気にしない」
　気にしますってば。
　彼は、今度はあたしの右の二の腕を掴んで歩き出した。
　行かない方がいいと思う、さすがに。
　どうしよう、警察とか…
　あたしがオロオロしながら、引きずられるように歩いてると。
　前方に数人の男がいて、あたしの腕を掴んでる人と目配せし

合ったように見えた。
　…仲間？
　血の気が引きかけたところで。
「みゆきちゃん！」
　ナナメ後ろから声がした。

　振り向くと…
　かなり大柄な（かなり迫力の横幅のある）40くらいの女の人がいた。
「待たせちゃってごめんなさいね。この人だーれ？」
　大きな目で、にっこり笑って首をかしげる。
　レストラン経営者…を自称している男性が、振り返って。
　あたしを見て、彼女を見て。
「荷物が重そうだからちょっと持ってあげただけです」
　曖昧に微笑む。
「まーーーありがとう。みゆきちゃん、優しい人が助けてくれてよかったわねえ。ちゃんと御礼言って、ほら」
　言葉遣いは優しいが、言葉に重みと迫力がある。
　有無を言わせない感じ。
「あ、ありがとうございました」
　荷物を返してもらい、頭を下げる。
「いえ、どういたしまして」
　男の人も気後れしている感じだ。
「じゃ、みゆきちゃん行きましょ」
「は、はい！」
　どうも助けてもらったらしい。
　ドキドキしながら女の人の隣を歩いて、ちらっと見た。
　えーと…
　痩せたらかなり美人なのではなかろうか。
　いや、痩せてなくてもかなり迫力美人だけど…

しばらく２人で無言で歩いて、角を曲がり。
　なんとなく、立ち止まったところで、あたしは言った。
「あの、どうもありがとうございました！！」
　深く頭を下げる。
　顔を上げると、女の人があたしを舐めるようにじっと見ていた。
「東京のど真ん中で大荷物抱えて"家に帰れない〜〜"って叫ぶなんて、あんたどっかのヘンタイに連れてかれたいの？」
「すみません…」
　ちょっと涙目になる。
「ごめん、説教して泣かしたいわけじゃなくてさぁ…」
「いや、あの、ホッとしたんです…」
　思わず涙ぐんでしまい、手で口元を覆う。
　ボロボロ、ボロボロ涙がこぼれた。
　止まらなくて、しばらくそのまま泣いてると。
　女の人が、ちょっと困ったような顔をした。
「このへん、朝早いとマックくらいしかないけど、行く？」
「は…はい！」
　なんだか、すごく嬉しかった。この大都会で、あたしはけっこう人の情に出会っているなあ…

　２人で歩いて、早朝の割に混んだマクドナルドに入って。
　エッグマフィンとアイスティーを前に、一息つく。
「あたし、美奈代っていうの。名前で呼んで」
「はい、あたしはネコです」
「…はぁ？」
「音子って書いてネコなんです。
　ヘンな名前でごめんなさい」
　苦笑しながら言うと、美奈代さんが興味深そうに乗り出した。

基本この人は、人にすごく興味がある人みたい。
「親御(おや)さん、猫がよほど好きなの？」
「いえ、母がピアノの先生で、音って文字を使いたかったみたいで。あたしが生まれてすぐ死んじゃったけど」
　沈黙(ちんもく)。
「…ごめん、悪いこと聞いちゃったね」
「いえいえ全然悪いことじゃないですよ。
　あたしこそ、暗いこと言っちゃってごめんなさい」
　美奈代さんは、少し淋(さび)しそうな目をして。
　コーヒーを一口飲んで。
「あたしはさ、子供が生まれてすぐ死んじゃったんだよね」
「…」
　あたしは、何を言っていいかわからなくなった。
「生きてたらあんたくらいになってるかな…」
　美奈代さんが、ちょっと涙の滲(にじ)んだ目で、微笑んだ。

　その後、美奈代さんに聞かれるままに。
　あたしが大学生で、そろそろ夏休みで。住み込みの仕事が無くなったけど、事情で家に帰れない、と話した。
「親御さんは心配してるんじゃないの？」
「あの、父は再婚して…。ちょっと、家に帰れなくて…」
　あたしはそれだけ言って、目線を下げた。
　美奈代さんの目に、同情の色が宿る。
　一人暮らしとは言ってない。誤解(ごかい)させちゃったかな。
　でもあたしは、東京にも地元にもいられない。
　あたしは、どうしても…創くんの前から消えなきゃいけない。
　美奈代さんが諭(さと)すように話し始めた。
「この街には家出娘なんて、いくらでもいるからね。ファストフードなんかで夜明かしして、早朝にフラフラ街に出る。
　そういう女の子を拾おうと待ち構えてるヤツもけっこういる

んだよ」
「はぁ…」
「運が悪きゃ一日でフルコース堕ちることができるよ。
　漫喫（漫画喫茶）にでも泊まれば夜明かしはできるけど…
　怪しげな輩はウヨウヨしてる。
　ネコちゃん見てると、危なくてお勧めしないよ」
「そうですか…」
　考えてみたら、あたし、外泊なんてしたことないんだよなあ。
（あ！　昨晩したんだった！）

「ターミナル駅の近くは、風俗スカウトが多いんだよ」
　美奈代さんが、ホットケーキをもぐもぐ食べながら。
「風俗っていっても、キャバからソープまで様々だけどね。
　ネコちゃんに声かけたヤツ、何者だったのかなぁ？
　よく聞こえなかったけど、レストランとか言ってた？」
「はい、レストランの支配人で、オープンスタッフを探してるって」
　あたしは、もらった名刺を見せた。
　美奈代さんは、大仰に眉をひそめながら。
「ちょー怪しいね。住所もないし、架空だろうな。
　風俗スカウトの名刺じゃ、ないし…。
　その割に手が込んでて、やり口が慣れてる」
　女の子を騙すために、わざわざ名刺作って…？
「個人つーか、仲間数人でやってる変態かもね。家出娘どっかに連れ込んで輪姦したり、調教したりみたいな」
　ぞっ…
　と背筋に冷たいものが走る。
「このへんじゃ、キャバのスカウトはもっとキレイ系を狙うもんなあ。ゴージャスな女っていうか。
　…あ、ごめん。あたし口悪くて」

「いえ、ホントのことだから全然傷つかないです」
　苦笑する。
　率直な人は、嫌いじゃないんだ。
「キレイで注目浴びるタイプがいいってもんでもないよ。
　あたしに言わせりゃ、そういう女は商売向き。
　たくさんの男にモテるタイプと、１人の男に大切にされるタイプは全然違うもんだよ。
　ネコちゃん可愛いし、いい奥さんになりそう」
　美奈代さんがニコッと笑った。
　つられてちょっと笑って。
　…でもあたしが「いい奥さん」なんて、想像もつかない（泣）。

「早く家に帰んなさい。
　あんたみたいな純情そうな子は、落ちると一直線だからね」
「は、はい…」
　落ち着いて見ると、美奈代さんは全身黒と紫でまとめていて。
　大粒のブラックパールのネックレスをつけている。
　まさに、大人のゴージャス系…
　あたしみたいな、田舎者を助けてくれて…
　有難い。親切が身に沁みる。
「じゃ、そろそろ行くかな」
　美奈代さんがトレイを持って立ち上がった。
「あの、御馳走になっちゃって、すみません」
　あたしが深々と頭を下げると。
「マックくらいでそんなこと言いなさんな」
　コロコロと笑って。
「んじゃね！　気をつけて家に帰るんだよ！」
　軽く手を上げてちょっとあたしを見てから、トレイの中身をざっと捨てると、さっさと歩いて行ってしまった。

「あたしと行く？」
　あたしは、しばらくぼーっとして。
　ああ、行かなきゃ…
　そう簡単に新しい仕事を見つけられるとも思わない。
　あたしの部屋は近寄りたくないし、やっぱり一旦実家に帰るべきかな。でも、なんかすごく嫌なんだ。
　パパの奥さんいい人そうだけど、でもどうしても、苦手で。
　いや、パパの奥さんのせいじゃない。
　パパと会いたくないんだ。
　パパがあたしを見て悲しそうにするのが、耐え難いんだ。
　フラフラと、大荷物を持って店を出る。
　どうしよう、あたし。
　行く場所もない。
　東京って怖い───
　うつむきながら、道を歩いていて。
　ふと顔を上げて…
　あたしは、蒼白になった。

「きゃああああぁ」
　あたしはパニックを起こして走った。
　ワンピースなんか着てるから、走りにくいったらない。
　どうしよう。
　どうしよう。
　あたしは、後ろ姿を見つけてほっとして、抱きついた。
「美奈代さん美奈代さん美奈代さんっ！！！」
　半泣き。
　とゆーか、もうかなり泣いてる。
「さっきの人がいた！！　さっきあたしに声かけてきた人！！
　どうしよう目が合っちゃったーーーーっ」
　美奈代さんが。

振り返って、あたしを見て目がテンになってる。
「ちょっとあんた…ネコちゃん」
「どうしよう、あの人、怒って追いかけてきたの？！」
　あたしが、怖くて見られずに、指だけ背後を指す。
　美奈代さんがあたしの背中をポンポンしながら。
「いないと思うよ。別人じゃね？」
「いや、おんなじスーツ着てた！　顔も、顔もおんなじ！！」
「あのねー、新宿は一応ビジネス街でもあるからさ。
　同じようなスーツ着た人は沢山(たくさん)いるんだよ」
「でも、おんなじ…」

　あたしが美奈代さんにしがみついて震(ふる)えてると。
　美奈代さんは、困(こま)ったように溜(た)め息(いき)をついた。
「ごめん、さっきは怖がらせるようなこと言ったけどさぁ。
　東京の男が、みんな変態なわけじゃないから」
　人波を避けるように、美奈代さんがあたしを道の端(はし)に連れて行った。
「新宿は都心だしさ。駅の向こう側なんてデカいビルの大企業だらけでさ。あいつら、羊みたいにおとなしくて素行のいいエリートくんたちだよ」
「…」
　まだ震えが止まらない。
「新宿でスーツの男を見たら…
　ふつーは変態つーより単なるリーマン」

　優しく背中をさすられながら。
　あたしはしばらく、口を両手で覆っていた。
　落ち着かなきゃ…
　落ち着こう。
　震えが止まらなくて、歯がガチガチいってる。

美奈代さんが、あたしを見てる。
　首を傾けつつ、心配そうに。

　３分くらいそうしてただろうか。
　あたしはやっと震えが止まった気がして。
　ごくりとつばを飲むと、顔を上げて。
　頑張って微笑んだ。
「…ごめんなさい。ちょっとびっくりしちゃって」
　助けてもらった上に、迷惑かけちゃった。
　美奈代さんだって、きっと用事があるだろう。
「あたし、あんなに強引に連れて行かれそうになったこと、なかったから。えーと、もう落ち着きました。
　大変ご迷惑おかけしました」
　頭を下げる。
「それじゃ、えーと、さよなら」
　荷物を持ち直して、きびすをかえす。
　見ず知らずの人に、これ以上迷惑をかけてはいけない…
　あたしがスタスタ（というよりヨロヨロ）歩き出すと。

「ネコちゃん。あたしと行く？」
　声がかかった。

房総よりは、ちょっと遠い。

　あたしは立ち止まって、ゆっくり振り返った。
「…美奈代さんと、行く？」
　行くって、どこへ？
「あたしさ、これからうちへ帰るの」
「はぁ…」
「ひとりで帰るのもさびしいかなと思って。
　　ネコちゃん、一緒に行く？」
「…」
　そう、言われても。
　えーと、これ以上迷惑かけられないし…

「あのね、うち、一応ペンションつーか、簡易宿やってんの。
　さっき、ケータイでネコちゃんがペンションとか言ってたでしょ。だから思わず聞き入っちゃったわけ」
「はぁ…」
「この夏、手伝ってくれる子がいるといいな〜って思ってはいるんだけど。ちょーっと、ここから離れた田舎だから、誘わなかったんだけど」
　あたしは、ちょっと乗り出した。
「あたしあの、田舎が好き…」
　もともと、山奥のペンションに行こうとしてたんだもん。
　大体、あたしの地元も山みたいなとこだし。
「海も近いし、綺麗なとこではあるけど。
　まぁ若い子の好むような娯楽は少ないね」
「海が近いんだ…」
　森の中みたいなところで育ったあたしは、海に強い憧れがある。いいなあ、海。

　あたしの目が輝いてるのを見て、美奈代さんは苦笑して。

「あんたねえ、あたしがさっきの男とグルだったらどうすんのよ」
「え゛」
　いっぺんに蒼白になってると。
　美奈代さんが近寄ってきて、あたしの肩をポンポンと叩いた。
「大丈夫だってば。
　ネコちゃんって、何でも顔に出て、からかうの面白いよ。
　まー田舎だけどさ。あたしについてきなさい」
「…はい！」
　答えながら、思った。
　あたしこんな性格だったっけ？
　鈴華と会って、変わった気がする。
　カナが元気だった頃のあたしが、戻ってきたみたいな感じ。
　美奈代さんが歩き出しながら、ぶつぶつ口の中で「猫というより、犬だな…」と呟いた。
　あたしはよいしょ、と荷物を持ち直して後を追った。

　美奈代さんは、新宿駅近くの有名なホテルに入っていった。
　もうチェックアウトは済ませてあったらしく、預けてあった荷物だけ受け取っている。
「新宿は、値段がそこそこで駐車場のあるホテルが少ないからさ。年に何回か来るけど、いつも大体、ここなんだよね」
　地下の駐車場に下りてゆく。
「でもほら、駅から近過ぎて、朝は電車の音がうるさくてね。
　早めに起きて散歩すんの。
　で、アルタ前あたりでマンウォッチングするのが趣味。
　それから、首都高が混まないうちに速やかに帰る、と。
　…さ、どうぞ」

　車は…けっこう年代物っぽいトヨタ車だ。

なんか、顔つきが怖いような車。あまり女の人が乗りそうもない大型の。
「…失礼します」
　あたしは、ドキドキしながら助手席に乗った。
　車内もけっこう広い。
「行くよ」
　言い終わるより前に動き出す。
　ためらいのない発進に、一瞬ドキーッとする。
　乱暴、というより豪胆な運転で、狭い駐車場内もけっこうなスピードで走りぬけて。
　車は駐車場の外に出た。

　歌舞伎町を車の中から見ると、早回しに見える。
　まだ朝早いのに、たくさんの急ぎ足の人々が行き交う。
　目が回りそうな感じだ。東京ってスゴイ。
　車は器用に人混みを通り抜けると、あっという間に高速に入った。首都高は、車が狭い道をおっそろしいスピードで走ってて、今にも中央分離帯に激突しそう。
「あ、あの、美奈代さん…」
「はいぃ？」
　どうも美奈代さんは、運転するとハイになるタイプみたいで。
　ちょっとテンション高くなってる感じ。
「これから行くとこ、どこらへんですか？
　海のそばってことは、房総（千葉）とか？」
　あたしは、日本地図を頭に思い浮かべた。
　遠くへ行けないカナと一緒に、あたしたちはいつも部屋で、地図帳とGoogleマップを見ていた。
　風景写真集も沢山集めてた。
　あの小さな部屋から、世界中を覗き見て。
　顔を寄せて笑い合って。

「房総よりは、ちょっと遠いかな〜。ちょっと北上すんの」
　また１台車を抜きながら、美奈代さんが笑った。
「茨城とか？　もしかして、福島？」
　海沿いの県名を挙げてみる。
「日本海側かな、一応」
「そうなんだ…　えーと、日本海側って…」
　頑張って、県名を思い出す。地理のテストみたいだ。
　北上するんだから、えーと。
　埼玉や群馬…は日本海に面してないし。
　新潟かな？
「ま、じきにわかるよ」
　そう言われてみると、ちょっとドキドキしてきた。
　行き先も知らないような車にあたし、乗っちゃってていいのか？　美奈代さんはいい人そうに見えるけど…
　あたしがオロオロしてると、美奈代さんが運転しながら横目で見た。
「ダイジョーブ、いずれ着くから」

　このままいなくなってしまえば…
　誰も、あたしの行く先がわからない。
（あたし自身もわかってないくらいだし）
　足跡を残さず消えることもできちゃうんだ。
　創くんも、あたしが今…
　この車に乗ってることを、知らない。

　なんだかドキドキしてきた。

暇がなかった。

　でも、鈴華は心配しちゃうよね。
　車はかなりのスピードで首都高を飛ばしている。
　えーと、とりあえず、早朝ではあるけど、電話しようかな。
　ケータイの電源切ったままだし、これからしばらく入れるつもりないし。
　鈴華には、ちゃんと言っておかなきゃ。
「あの、友達に電話していいですか」
「いいよ～」
　ケータイにそっと電源を入れたら、メールが3つ届いていた。
　うち1つが鈴華で、2つが創くんだ。
　創くんから、電話がかかってきた形跡もある。
　もう、目覚めてあたしがいないことに気付いたってことかな。
　…早く、東京を離れないと。
　鈴華からのメールだけ開けてみる。
　昨夜遅くの時間で"明日遊ばない？"と入っていた。
　あたしは鈴華に電話をかける。

　3コールくらいで、すぐ鈴華が出た。
"ネコ、どうしたの～？　メールしても返事ないし"
「朝早くにごめんね～。ちょっと、イロイロあって…」
　何から説明したらいいか、わかんないや。
"今日さ、午後くらいから遊ぼっか。拓真と3人で"
　あくびまじりみたいな声が聞こえる。
「あのさぁ、鈴華。
　あたし、これからしばらく東京離れようと思ってて…」
　いきなり、あたしは切り出した。

"えええぇ？！"
　鈴華の叫び声が耳をつんざく。

"東京離れてどうするの？　実家帰るの？
　あれ？　もう夏休みに入るから？"
「実家じゃなくて、えーと…。
　東京離れて、住み込みのバイトするの」
"えええええぇ？　そんなの初めて聞いたよ〜〜。
　いつまで？？　どこ行くの？？"

　あたしは、ケータイを耳に当てながら考えた。
　いつまで———
　どこへ行くんだろうあたし。
「わかんない…。
　ちょっと色々事情で、場所も言えないんだけど…」
　鈴華にも言いたくない。
　(あ、行き先わかんないんだけど)
　はやく消えたい。…創くんの前から。

"ヘンだよ、それ。ネコどうしたの？
　今、外？　なんか雑音がひどい…"
　ふと見ると車は、ビルに囲まれ、道のうねった首都高を…
　カーブでもスピードを落とすことなく走り続けている。
　横を見ると美奈代さんが、なんだか楽しそうに運転してる。
「鈴華、今までありがとう」
"ネコ、何言ってんの？　やめてよ〜。
　これっきりでお別れみたいじゃん"
　あたしは、息をごくりと呑んだ。
「あのね。あたし大学も辞めるかもしれない」
"ちょっとちょっと、ネコどうしちゃったのよ〜〜〜"
　なんか、音が遠い。
　いつ電波切れてもおかしくなさそう。
　言わなきゃ。ちゃんと全部。

「あたし、このままじゃダメなの」
"急に何言ってんのよ〜〜。
　どこかに行っちゃわないでよ〜〜。
　あたしと一緒に東京にいようよ〜〜"
「消えなきゃいけないんだ…」
　あたしは、創くんの手の届かないところに行きたい。
　カナと一緒に消えたいんだ。

"ネコ！！　ちょっと言ってることおかしいよ！！
　電話切っちゃダメよ、ねえ、今どこにいるの？
　あたし行くから。どこにいるか教えな！！　ねぇ！！"
「大丈夫だよ、鈴華ちゃん。
　別に死んだりしないから安心して」
"ネコ、あんたなんかすごい変！！
　どうしちゃったの？　会おうよ、落ち着いて話そ。ね？"
　電話の向こうで、鈴華が泣き声になってる。
　こんないい子を、あたしまた、泣かしちゃった。
「ごめんね。ごめん鈴華。
　本当に鈴華がいてくれて、よかった」
　心配させちゃうのはわかるんだけど。
　でも言いたい。
　鈴華に会えてよかった。
「本当にありがとう。すっごい感謝してる。
　それだけ言いたかったの」
"ネコ〜…"
　電話口の向こうで、オロオロした鈴華の泣き声。
「あたし大丈夫だから、心配しないで。また連絡する」
　あたしもちょっと涙がこぼれそうになって。
　じゃ、と電話を切ろうとして。
「…あ」

言おうと思ってたことを思いだした。

「鈴華、あたしね」
"なによぅ…"
　ケータイから、鈴華の涙声が聴こえる。
　車窓風景はどんどん流れて、ビルが減ってきてる。
　都心をもう離れつつあるんだ。
「鈴華の言ったとおりにするつもりだったの。
　そのつもりだったんだけど、えーと…」
　車はかなりのスピードで走り続けている。
　目の前にトンネルが近付いてるのが見える。

「触る暇、なかった———」

　ゴオオオオオオォ…
　トンネルに入る時の地響きみたいな音と共に、ケータイの電波が途切れた。ぜんぜん音が聞こえなくなる。
　あたしは、切れてしまったケータイを耳から外して。
　手元をじっと見た。
「切れちゃった…」

　少しの沈黙の後、美奈代さんがぽつりと。
「ネコちゃんは、今までの自分を消して…
　自分を変えたいんだね」

　横を見たら、美奈代さんは前を向いたまま。
　車は走り続けている。
　トンネルは暗くて、遠く前方から光がかすかに漏れていて。
　あたしが、答えられずにためらっていると。
　美奈代さんが言った。

「女は変わるよ。環境次第でまるで変わっちゃう」
　言葉に…
　何か痛みが含まれているような気がした。
　美奈代さんは、淡々と続けた。
「でもそれでいいんだよ。変わればいい。それが女」

　トンネル内のライトが近付いては追い越し、遠ざかる。
　暗いトンネルの中で、横顔が一瞬照らされて…
　美奈代さんの口角が上がってるのが見えた。
　ニヤ、という感じで。
「…で、触る暇、なかったの？」
　あたしはぽっと火がついたみたいに赤くなった。
　美奈代さんが聞いてることを、つい忘れて言っちゃった。
「あ、あの。えーと…」
　しどろもどろになってると。
　美奈代さんが、穏やかな優しい目であたしを見て。
　それから前方に目線を戻した。
　車のスピードは緩むことなく。かなりの速度で、東京を後にしてゆく。
　たぶん、これでいいんだ。

　さよなら、創くん。

　あたしはうつむいて…
　そっとケータイの電源を切った。

第9章
永遠をおぼえている?

手を伸ばして
永遠をおぼえている?

よく焼けたバタートーストに
シナモンシュガーをふって

届かない明日を　数え　数えて
泣きながら眠り　散らばる残骸の中　目覚めて
それは多分夢だったねと
微笑む

あんなに強く抱き締められた
瞬間の痛み
壊れそうだったあたしを　繋ぎとめるように
それとも　砕くように

何もかもにじませて　境界を失くすように
あたしは泣くなら
それでも　破片を拾うように
愛してゆけるかしら

冒険してもしなくても。

　夢を見た。
　カナが元気だった頃の夢。

　体育も、遠足も、掃除当番も、カナはできなくて。
　本当は入院すべきところなのよ、と看護師さんにいつも言われてた。
　あたしがいない間、カナはいつも本を読んでいたと思う。
　病院の待合室は、電子機器の利用を禁じられていたから。
　パパは、カナの欲しがる本は無条件に買い与えていた。
　いつの間にか、カナは…
　難しい本も読みこなす読書家になっていて。
　一卵性双生児と遺伝子については、よく楽しそうに分厚い本をめくっていた。
　でも、それだけじゃなくて南北問題とか…
　グローバリズムと貧困の関係についてとか。
　本当に色々な本をたくさん読んでいた。
　小さな町をほとんど出たことのなかったカナ。
「でもだからこそ、世界のこれまでとこれからが、気になるの」
　病気がカナを大人にしたのかな。
　憂いを含んだ横顔が、綺麗で。

　目が覚めた。
　あたしは車に乗ってる。助手席で寝ていたらしい。
　隣の運転席には、誰もいない。
　ふと車窓から見ると、広々と見晴らしのいい場所。
　駐車場？
　他にも車やバイクがたくさん停まって、ざわざわしてる。
　キョロキョロ見回す。

どうしよう、えーと…
　…あたし、車に乗せてもらったんだ。
　どうして、美奈代さんがいないの？
　慌ててキョロキョロ見回すと、美奈代さんが歩いてくるのを見つけた。
　車のドアを開けて、乗りこんでくる。
「目が覚めた？」
「あ、すみません。寝ちゃったみたい…」
　かなりのスピードで走ってたのに、ぐっすり眠ってしまったようだ。
　あたしはどうも、すごく疲れていたみたい。
　昨夜はほとんど寝ていない。
　創くんが眠ってしまっても、あたしは眠れずにずっと起きていたし。
「かなり長いこと寝てたよ。途中で降りて冷麺でも食べようかと思ったんだけどさ。ネコちゃんがあんまりよく寝てるから、起こすのやめといた」
　そういえば、もう陽が陰っている。
　本当にたくさん寝てたみたい。

「さーて、手続きも済んだし、行くよ」
　美奈代さんがシートベルトを締めて、エンジンをかける。
「えーと、ここ、どこですか？」
　美奈代さんが返事をしない。
　どうも美奈代さんって、きっぷがいいというか、姉御というか。"黙ってあたしについてきな！"という雰囲気で。
　車をバックさせる時、シートに片腕をかけて…
　ハンドル回す姿なんか、カッコよくて惚れそう。

　車は駐車スペースを出て、駐車場を走り出した。

たくさんの車が連なって、どこかに集まってゆく。
　交通整理してる人がいて、「あっちへ行け」って誘導してる。
　や、やっぱり気になる。
「えーと、美奈代さん、ここ…」
　車がぐいん！と加速した。
　誘導されるままに、どこかに入ってゆく。
　なんか大きな建物？
「さあ、津軽海峡を渡るよ〜〜〜っ」
　あたしは目がテンになった。
　車はトンネルみたいなところに吸い込まれてゆく。
「えええええぇぇ？！」

　ゲートの中に入ると、けっこう広い建物の中に車が連なっている。この場所は、ドコ？
「フェリー乗ったことない？」
「な、ないです」
　フェリーってことは、これはつまり、船？
　大き過ぎて全然船に見えなかった。じゃ、ここ港？
　あたし、東京に来たのが一番遠いくらいで。
　修学旅行も東京だったし。
「津軽海峡って、…津軽ってことは、ここ青森？」
　まさか、そんな。
「青森だよ。大間までぶっとばして、マグロ食ってからフェリー乗ってもよかったんだけどさあ。今日は急ごうかなと」
「じゃあ、えーと、これから行くのは…」
「函館」
「えええええぇぇ？！」
　あたしは度肝を抜かれて、車の中でヘタヘタと崩れた。
「そんなに驚いてくれて嬉しいよ。ちょーっと遠くてごめんね」

「ちょーっとって…」
　そんな遠くまで、１日で来れるの？
「あはは。あっという間だってば。日本は狭いんだよ」
「…」

　ホントに、ホントにここ、青森？
　いや、船に入ったから、青森も出たってこと？
　房総より"ちょーっと遠い"が。
「まさか、北海道とは、思わなかった…」
　あたしは冷や汗と共に微笑むと。
「あはは。だから一応"すぐそこ"とは言わなかったんだけどね」
「…」
　北海道の人に初めて会ったけど。
　スケールがデカすぎない？

「さて、船にも乗れたし、車出て飯でも食う？　お腹すいたでしょ」
「美奈代さん……ペンションって、函館にあるんですか？」
「ん、フェリーは函館に着くけど、下りてからちょーっと走るね」
　美奈代さんの"ちょーっと"はかなりヤバい。
　函館からも、けっこう遠いのかな（泣）。
「あ、あたし、本州出るの、初めて…」
「おお、初海外だね。北海道を知らなきゃ日本人じゃねーべさ」
「…」

　あたしは車でよく眠ったせいか目が覚めたので。
　フェリーの中では、美奈代さんと話し込んだ。

美奈代さんは、東京出身なんだそうだ。
　新宿のすぐお隣、初台で生まれ育って。
「実家が土地持ちのお嬢なのよ、あたし」
「はぁ…」
　かなり迫力のあるお嬢様だなあ。
　カナはよくお嬢様っぽいと言われていたけど…
　ホントのお嬢様っていうのは、病弱というよりは、こんな感じなのかも。(妙に納得してしまう)
「子供の頃から、歌舞伎町なんて、自転車で行けたし。
　中学受験して、中学からエスカレーター式で大学まで進んだんだけど…でも、当時は今ほど中高生が遊んでなかったからね。
　ほどほど〜に遊びながら世の中舐めくさってたの」
「はぁ…」
　えーと、祐哉さんとちょっと似てる、のかな？
「大学に入って、なんとなく、マリンスポーツのサークルに入ったのよ。海好きだったからさ。
　そこで２つ上の先輩と出会って付き合いだして…」
　なんとなく、お嬢様のチョイスだ。
　あたし、マリンスポーツやゴルフのサークルに入るなんて、考えたことないもん。
　(費用が高そう！)

「やっぱサークル内でも、上手いとカッコいいんだよね〜。
　その先輩、入学の時にはダイビングのライセンスも持ってて、ホント海の男ーって感じで。
　あたし、その頃はもっと痩せてたんだからね。
　まーちょいぽちゃだったけどさ」
　美奈代さんが少女のように頬をふくらませた。
　あたしはつい、微笑んで。
　あたしはママがいないから、この年代の人がよくわかんない

んだけど。
　けっこうふつーに、恋バナなんかできちゃうんだなあ…
「その人が、大学卒業したらオーストラリアに行っちゃったの。
　ダイビングのインストラクターになるっつって」
「すごい…」
　好きなことを仕事にするのって、素敵だなあ。
「先輩がすげー好きだったから。
　あたしも大学卒業したら追いかけて行こうと思って。でも考えてみたら卒業まで待ってもしょーがねーなと思って。
　あたしも大学辞めちゃって、後先考えずにオーストラリアに渡って…」
「すごい、行動力…」
「最初はワーホリ（ワーキングホリデー）で働いてさ。
　けっこううまくいってたと思う。親にはむちゃくちゃ反対されてたけど、若かったし、先輩が好きだったし。
　海はホント綺麗で…」
　美奈代さんが、缶コーヒーを一口飲んで、遠い目をした。
「でね、子供ができてさ。
　すぐ籍も入れちゃってさ、幸せだったんだけど…お腹にいるうちから、赤ちゃんに重い障害があることがわかって…」
　声のトーンが落ちる。
「生まれてすぐ死んじゃって。本当に耐えらんないくらい辛くて。そんで彼とも、ダメになっちゃったの」
「…」
　あたしは、どう言っていいのかわからず。
　でも、その気持ちはわかってしまう気がして。
「もっと年をとってたり、日本にいたりしたら、なんとかなったのかも。でもあの時はダメだった。
　お互いツラすぎて、なんだかぎくしゃくしちゃって。
　どんなに好きでも、ダメだった…」

「…あの、わかる……わかります……」
　それだけ言うと、涙がこぼれた。
　そう、どうしようもない別れがある。
　雨のように避けられない別れ。
　あたしは、カナと別れて。
　創くんも、カナと別れて。
　あたしはどうしようもなく、創くんから去ろうとしている。

「ネコちゃん、泣かないでよ」
　そう言いながら、美奈代さんが泣いている。
「いや、昔の話なんだけどね。思い出すとダメだね。
　彼は今も、ケアンズでダイビングショップ開いて暮らしてる。
　再婚して幸せにしてるみたい」
「そうなんだ…」
「あたしは、23で逃げるように日本に戻ってきて。
　しばらく抜け殻だったんだけど…縁あって今は道民」
　仕事は、北海道のペンションの他に…
　実家の会社の役員になっているそうで。（不動産経営？）
　年に何回か、仕事のために実家に帰る必要があって。
　毎回、新宿のホテルに泊まるんだそうだ。

　函館まで、4時間弱のフェリーの旅。
　美奈代さんの身の上話を聞いた後は、あたしも話した。
「あれ？　ネコちゃん、東京の人じゃないんだ。
　大学で出てきたの？　一人暮らし？」
「はい。でも、荷物はバッグに詰め込んできたし。
　部屋はもう、ほとんど空っぽ」
　あたしは、創くんの部屋に行く時に、思っていた。
　もうこの部屋には帰らないんじゃないかって…

+ONEの日々は続く

　フェリーを下りると、もう陽が落ちていた。北海道初上陸だ。
　あたしは緊張しながら、車窓に張り付いた。
　車はフェリー乗り場から離れて、街に入ってゆく。
　静かな夜の街に、街灯が光を放ってる。函館って、オシャレでキレイな感じの街だな…
　昨日から、あたしの人生、急展開だ。

　その日は美奈代さんがよく利用するというペンションに泊まった。
　夜中に、美奈代さんが函館山に連れて行ってくれた。
「夜中にならないと一般車が入れないから」と言って。
　半島の形にきらめく夜景を見てたら、涙が出た。

　次の日の早朝に出発して。
「朝市とか省略ね！　ウニは地元でも食える！」
　エンジンをグゥンとかける。
　また運転を始めると、ハイテンションで。
　一般道を高速並みのスピードでぶっ飛ばしながら。
「ああ、やっとダーに会えるう！」
「だあ？」
　あたしは美奈代さんの横顔をじっと見た。
「ダーはダーってば！　ダーリン！
　ダンナ様でもいいけど！」
　ハンドルを握りしめながら美奈代さんが叫ぶ。
　あたしは目がテンになった。
「え？　美奈代さん、結婚してたの？？」
「してないなんて言ったあ？
　あーもう、一週間近く会ってない！
　待ち遠しいったらないっっ」

…。
　もうひとつの人格出現、とゆーか…。
「あの、ダンナさまって、今どこに…」
「札幌！　ちょーっと走って、札幌でダーを拾って。
　もうちょーっと走るからね！」
「はぁ…」

　でもそれからが、けっこう長かった。
　たっぷり4時間以上走ったと思う。
　札幌に着いた頃は、助手席にいるだけでヘトヘト。
「美奈代さん、北海道って広いですね…」
「あははー、憶えときな。
　日本は狭いけど、北海道は案外広いんだよ！」
「こんなに遠いんだ…」
「だだっ広いけど、片側一車線の道が多いから、案外時間かかるってのもあるしね〜。
　ま、函館から札幌は、東京から大阪行くよりゃ手軽よ！」
　本州と、広さや時間の感覚が違う…。

　札幌の街に入ると、都会ぶりにびっくり。
　美奈代さんのダンナさんは、一体どこにいるんだろう？
　あたしはふと気付いて。
　停まってもらって、後ろのシートに移った。
「どこに座っててもいいのに〜」
「いえ、あの…」
　ラブラブな夫婦の邪魔をしてはいけない、というか…。
　そもそもあたしの存在が邪魔？
（あたしの人生、このパターンばっかり）

　札幌駅のロータリーに車が入っていくと。

美奈代さんが「きゃーん！」と叫んだ。
ナニゴト？と思ってると…
細長い人影の横に、車がきゅっと停まって。助手席の扉が開いて、あっという間に人が乗り込んできた。
美奈代さんが迫力の横幅のせいか、なんかすごく細い人に見える。ひょろーーっとした雰囲気。
あたしはボー然としたまま、何を言っていいかわからず。
車はあっという間に走り出し、ロータリーを抜けた。

男の人が、淡々と口を開いた。
「バターサンドを買っておきましたよ」
「ありがと〜〜〜（はぁと）」
美奈代さんの声のトーンが跳ね上がってる。
後ろ姿なので、イマイチわからないんだけど。
年齢がわかりづらい、穏やかな雰囲気の人だ。
あたしが、何も言えずにぼーっとしてると。
「こちらのお嬢さんは？」
美奈代さんのダンナさんが、少し振り向いた。
なんだか雅な面持ち…
なんというか、穏やかを絵に描いたような人だな。
面長で、優しそうな目。
皇室の人みたい。
「あははー、また拾っちゃった〜」
「そんなことだろうと思いましたよ」
まさにあたし、猫扱い。
いや、犬かな…（泣）
美奈代さんが大雑把にあたしとの出会いを説明した。
ダンナさんは、こういうことに慣れているのか、ちっとも驚かない。
車は広々とした道に出て、急加速で札幌から離れてゆく。

「僕は鈴木一郎です。あなたは？」
　穏やかな雰囲気で聞かれる。
　"名前記入例"によく書いてあるような名前…
「あたし、蒼山音子です…」
「ネコさんですか。よろしくお願いします」
　あたしの名前聞いても驚かない人は珍しい…
　ホント、ずいぶん落ち着いた人だ。
　美奈代さんはすごく嬉しそう。
　運転しながら一郎さんの方に手を伸ばし（危ないってば！）一郎さんは手を握り返したりしてる。
　えーと…
　つくづく、あたしって仲のいいカップルの邪魔者？

　それから長い間、車はだだっ広い道を走り続けた。
　食事休憩以外は、ずっと走りっぱなし。
　こんなに長時間車に乗り続けたのは、初めて。
　あたしは、車に乗ってるだけでヘトヘトになって。
　一郎さんは、穏やかにあたしとも話してくれた。
　札幌にある大学の、農学部の先生なんだそうだ。
　農学部って何しているのか、全然知らなかったけど。
　農業だけでなく、その周囲全般をカバーしている学部だそうで。植物学・生物学・化学・医学とも近くて（獣医学科は農学部にあったりする）。
　なんだかいろんなことやってる学部みたい。
　一郎さんは、植物学に近いあたりだそうだ。
　植物の栄養や土壌や、環境について研究しているんだそうで。

「とにかく、エコな人なのよね、ダーは。
　車の免許も持ってないしさー」
　美奈代さんが運転しながら言う。

「でも広い北海道、車使わなきゃやってけねーからあたしが送ってくわけよ」
「そうですね。人間は矛盾した生き物ですから」
　一郎さんは、終始穏やかな感じで。
「燃費の悪い車でぶっ飛ばす奴は、地球環境について考えちゃいけないって法律はないよ！」
　やっぱり、運転してるとハイだ…。
「あの、美奈代さん、運転疲れないんですか～？」
「ぜんっぜん！あたし１日17時間運転したこともあるし」
「…」

　なんだか風景が、凄いことになってきた。
　だだっ広い荒野を、太い国道が突っ切り。
　その横を、風車が…
　巨大な風車が、道の果てまで、どこまでも連なっている。
「美奈代さん、なんですかこれ～」
「風車だよ～」
「なんで風車がこんなにたくさん？！」
「風力発電機ですよ。風力発電は、化石燃料に替わるものとして見直されています」
　一郎さんが、優しく言った。
「化石燃料って…？」
「化石燃料というのは、化石のように長期間かけて地球に貯めこまれた燃料です。使えばなくなってしまうエネルギー、ということですね。
　石油とか、石炭とか、天然ガスとか」
「はぁ…」
「ソーラー（太陽光）や風力などの自然エネルギーは…
　効率よく集めれば、それだけで必要量を満たせるほど、地球に降り注がれているんですよ。

今も、諦めることなく、世界中で技術開発が進められているんです。北海道は自然エネルギー研究において、世界の先端にいます」
「へえ…」
　そんなこと、ぜんぜん知らなかった。
「北海道にはすべてがあります。広大な原野も、美しい植物も、可愛らしくも獰猛な野生動物も。
　大自然を愛し、守りたいと願いながら、燃費の悪い車で道内を縦横無尽にぶっ飛ばす…ワガママで愛すべき人間も」
「…」
　さすが、先生だ。
　…わかりやすい。

　海辺の国道であるオロロンラインは、あまりにも淋しく。
　あたしの実家もかなり田舎だと思ってたんだけど。
　このへん…　田舎を通り越して、何もない荒野。
　ガソリンが切れたら、夏でも遭難しそう…
（だって真夏なのに、かなり寒い）
　大自然を愛しながら歩いてたら、クマに食べられそう。
（熊出没注意の看板は、本当によくある）
　そうか、自然を守るために環境に優しい暮らし…
って生半可なことじゃないのね。やっぱ車は必要だよ。うん。
なんてことをマジで思いながら。
　で、でも、このまま北海道のてっぺんまで行ってしまうの？
　カーナビの画面の、現在位置が…
　もうちょっとで北の先端に届きそう。
　あたしがドキドキしてると、荒野の向こうに街が見えてきた。
　なんだかほっとした。涙が出そう。
「街だ…」
　胸がいっぱいになる。

あれ、蜃気楼じゃないよね？
「ネコちゃん、街を見ただけで泣かなくても」
　美奈代さんが苦笑してる。
　ラクダに乗って砂漠を歩く人の気持ちが、少しわかったような…

　そして車は、稚内の街に入り…
　美奈代さんのペンションに着いた。
　日本海に面したペンション。丸太小屋に似た風情のある建物で、特に看板もない。ペンションの敷地は広々としていて、バイクが数台停まっている。
　稚内は、日本海とオホーツク海に面した街だ。
　美奈代さんのペンションは、美奈代さんの言った通り、日本海側。でも、オホーツク海も、すぐ近く…
　人生、何が起こるかわからない（涙）
「美奈代さん、ペンションって、留守にしていいんですか？」
　考えてみたら、美奈代さんが東京に行ってる間…
　ペンションは営業しないってこと？
「んー、留守中は人に頼んでるの。
　近くの魚屋さんが娘さん2人いるし、代わる代わる」
　美奈代さんが、家の出入り口を開けながら言った。
　入口は鍵をかけていないらしい。
「はぁ…」
「基本的に、知ってる人しか来ないしさあ。宣伝もしてなくて、口コミ。あたしがいない時は、ユースみたいに夕飯がセルフになるの」
　玄関入ってすぐの台所から人が出てきた。
「ちわーっす」

　巨体の男の人だ。あたしは思わず後ずさった。

愛からはじまる。

　翌日から、あたしの住み込みバイト生活は始まった。
　あたしは２階の片隅の小さな部屋を借りて。
　どうもここは、ペンションといっても、特に宣伝もせず、細々と営業してるようで。
　６人まで泊まれる部屋と、もう少し小さい部屋と、合わせて６つ。基本は、男女別の相部屋になっている。
　台所やお風呂は兼用。
　食事は、美奈代さんが簡単な家庭料理を作る。
　美奈代さんがいなければ素泊まりのみになる。
　でも、宿泊客が台所に入って作るのは自由。
　美奈代さんがいない時は、近くの魚屋さん（兼雑貨屋さん）に管理を任せる。

　あたしがやることは、毎日の掃除と、食事作り。
　けっこう重労働だ。
　一郎さんは、週に一回、札幌の大学に行く。基本は電車で。
　札幌にマンションがあるらしく、１泊か２泊して帰ってくる。
　かなりテキトーに見えるんだけど。
　どうしてこんな営業が可能なのか、わかってきた。
　お客のほとんどが、一郎さんの大学の学生さんなんだ。
　夏休みを利用して、遊びに来たり。フィールドワークのために研究室の学生が全員来たり。
　そういう、ツテを辿って来るお客が多いので、特に宣伝もしないらしい。料金もとても安く設定している。
　稚内は、近くにサロベツ原野もあるし。
　船に乗れば、礼文島や利尻島にも渡れるし。
　美奈代さんの驚異のフットワークで、北海道中（時々、日本中）、どこでも行ってしまうし。
　北の果てにいることを感じさせない。

広々した家を全部掃除して、炊事洗濯すると、それだけでかなり重労働。
　でも宿泊料が安い代わりに、泊まり客は基本、汚したら片付けて、原状復帰してくれることになっている。
　日々が穏やかに流れ始めた。
　昼は買い出しに出掛けたり。
　夜は美奈代さんと一郎さんを囲むように、泊まり客の学生さんたちが話すのに参加したり。
　ただ、夏なのに、けっこう寒い（涙）

　そしてだんだん、仕事にも慣れていった。
　あたしの名前も身の上も、誰も聞かない。
「美奈代さんとこのネコちゃん」で通用してしまう。
　ネコは本名なんだけど、誰も本名とは思ってないみたい。
　こういう住み込みの仕事をしてる人って、ツライ事情を抱えてる人もけっこういるんだよって、美奈代さんが教えてくれた。
　だから、皆気遣ってくれて、あたしに何も聞かない。
　あたしの抱えている事情は、ささやかなものかもしれないけど…　自分にとっては、切実なこと。
　聞かないでくれるのは、有難い。
　都会の無関心とはまた違った、優しさが沁みる。

　掃除洗濯炊事と繰り返しているうちに、日々は過ぎ。
　いつの間にか、8月も半ば過ぎ。
「ネコちゃん、だいぶ慣れてきた？」
　その日は、お客が早めに引き上げて部屋に行ってしまったので、美奈代さんに聞かれたんだけど…
「はい、だいぶ」
　あたしは、台所の片付けを終えて、手を洗いながら。
「夏休みの間、ずっとこっちにいていいの？

親御さんとか、連絡取ってる?」
 美奈代さんが気遣ってくれている。
 確かにあたしは、こっちに来てケータイも電源入れずに放置してるし。PCも繋いでいない。
「えーと、夏休みは地元に帰らないって言ってあるので、大丈夫です」
「夏休みが終わったら東京に帰る?」
 もともと、夏だけ近所の女の子にアルバイトで来てもらってたみたい。
 ずっとここにいたいけど、冬になってお客が減ったら…
 ホントはあたしは要らないんだろうな。
 でも、東京に戻ったら、創くんがいる…
 あたしは思わず黙り込んだ。
「バイト料安くて申し訳ないけど。
 ずっといたいなら、いてもいいんだよ。でもさ、ほら、せっかく入った大学を辞めることもないかな、とかさ」

 夏でもけっこう肌寒くて、長袖で暮らすこの土地。
 秋や冬になったらどうなっちゃうのかな。
 鈴華にだけは、連絡した方がいいかな、と思いつつ…
 結局、何の連絡もしていない。
 とにかく、創くんにはもう、会いたくない。
「ここにいたい… 東京には戻りたく、ないんです」
 あたしがぽつりと言うと、美奈代さんが首をちょっとかしげた。
「まだ、なんか色々、整理つかない?」
 そう、美奈代さんはあたしが。
 人生について色々悩んでると、思ってくれてるようだ。
 創くんのことは、話していないけど。
 いつもベッタリだった双子の妹を亡くして以来、ぼんやりし

てしまって、人生の目的が見えなくなって…
　大学に通う意味も見出せなくなった、とは言ってある。
「あたしもさ、赤ちゃんを亡くしてからさ。
　立ち直るのに５年くらいかかったよ。
　思い出してワッと泣かなくなるだけで、２年。
　その後も、後を引いて…」
　美奈代さんが、マグカップのコーヒーに口をつけて。
　さびしそうに微笑んだ。
「経験ない人にはわかってもらえないけどさ…
　こういうことは、時間が要るんだよね。
　長い、時間が」
「…」
「せっかく大学に入ったなら、辞めることもないとは思うけど…。ただ、ここは寒いけど、あったかいところだからさ。
　したいことが見つかるまで、ここにいるのは全然かまわないよ」
　ここにいてもいいなら、ここにいたい。
　創くんの前から消えたい。
　もう、会えない。好きだから、会えない。
　…そんなこともあるんだ。

　ここにいるとほっとする。
　逃げてるだけなのかもしれないけど。
　創くんのことは、毎日思い出す。
　記憶を繰り返してしまう。寝ても、覚めても。
　抱き寄せられた瞬間の、眩暈。
　カナになりたかった。
　カナになれた、気がした。
　腕の中で。
　優しい指先と、唇と…

吐息に溶かされてゆく感覚。
　揺すぶられる。
　すき。

「なーんとなくね。ネコちゃん、北の大地に合ってねーか？　とは思ってんのよ、あたし」
　記憶の波に呑まれそうになっていたところを。
　ぐいっと引っ張られて、現実に帰る。
　あぶなかった…
「あたしが、北海道に合ってる？」
「うん、合ってるんじゃん？　生き生きして見えるよ」
「そうかな…」
　創くんは、歩き出せているだろうか？
　あたしが消えて、カナを見失って。
　最初は淋しくても…　たぶん、ほっとするんじゃないかな。
　亡くした恋人は、思い出にすべきなんだ。
　カナとずっと一緒なのは、あたしだけでいい。
　"あたしたちより強いつながりなんて、どこにもない"

「ネコちゃん、きっとここに長くはいないだろうなって思ってんの」
「…どうして？」
　あたしは東京に帰る気を、日々失っていってる。
　このまま、ここにいたいんだけど…
「前にも、女の子拾ってきて、住み込みで雇ったことがあるのよ。でも半年もしないうちに、ダーの大学の院生とくっついちゃって」
「…はぁ」
「強奪されるみたいに、札幌に行っちゃった」
「…」

「ここのペンションで仲良くなった学生が、何組も結婚してんの。あたし、お見合い婆に向いてんのかも」
　そうか、学生さんが集まってくるんだもんね。
　恋も生まれる…
「ネコちゃんも時間の問題じゃないかなーって。
　なんかあんた、すぐどっか連れてかれそうに見えるよ。
　あはは。北の男はどうかね？」
　美奈代さんが、真剣な顔をしてあたしの顔を覗き込んだ。
　…連れてってくれる人がいませんってば（泣）

「あたし、結婚しないと思う…」
　ぽそっと言うと、美奈代さんが驚いた顔をした。
「どうして？」
「なんとなく…」
　つい、沈黙してしまう。
　自分が結婚するなんて、全然想像つかない。
　あたしのこと好きになってくれる人なんて、いない気がする。
　いつも、＋ONEで…
　仲のいいカップルを、見てるだけなんだ。
　すると美奈代さんが、少しためらいながら。
「えーと、ネコちゃん…
　失恋から立ち直れないとか、そーゆー感じ？」
　あたしは苦笑した。
　美奈代さんは何も言わなかったけど、わかってたんだろうな。
「そういう、感じ…」
　あたしは、創くんが好きで。創くんは、カナが好きで。
　そしてカナはもういなくて。
　あたしがカナでいられたのは、あの夜だけ。
　今振り返っても。
　あの夜、本当にカナがいたような気がする。

今思い返すと、夢みたい…
「あたしの好きな人は、別の子が好きだから。もう忘れる…」
　ぽつりと言うと。
　少し、沈黙が続いた。

「でも、もう恋なんかしないって思っても…
　きっとまた、するよ」
　美奈代さんの声が落ちてきて。
　あたしは顔を上げた。
「…そうかなあ？」
　なんだか、泣きそうだ。
「たぶん半年もしないうちに、ネコちゃんは出て行く。
　美奈代さんの予言は当たるのよ」
「うそだぁ…」
「オーラが見えるような気がすんのよ。恋が叶うオーラ」
　あたしは吹き出した。
「なんですか、それ…」
「恋がしたいオーラじゃなくて。
　恋をしてるオーラっていうのかな」
「恋をしてる、オーラ？」
「本当の恋をしているなら、その相手とはうまくいかなくても
…　いつか恋は叶う。そういうもの」

「そういうもの…？」
　あたしは、わかったようなわからないような気がした。
　創くんが好き。その気持ちが、本物だったら…
　誰も好きになれないのではなく。
　あたしが誰かを、本当に好きになれたんだったら…
　きっとまた誰かを好きになれる。そういうこと？
「いつかあたし、幸せになれるかな…？」

唇が、震える。
こんなこと聞かれても、困るよね。
そう思いながらも、聞かずにいられない。
「なれるよ」
　美奈代さんが頷いた。どうしてこんなに、力強いんだろう。
「あたしでも、幸せになれるのかな…」
　あたしは、顔を両手で覆った。涙があとからあとから溢れて。
　美奈代さんが立ち上がって、あたしの後ろに来て、優しく抱き締めてくれた。

　あたしの周りは、死の匂いで満ちている。
　カナはあたしのぜんぶだった。
　寄り添って、抱き締め合って。何もかもを分け合って。
　カナの煙が空にのぼった時に…
　あたしも消えたかった。
　喜びは、喜びを。
　笑顔は笑顔を。
　死は、死を呼ぶような気がしていた。
　あたしは、決して幸せにはなれないのだと。
　そんな気がしていたんだ。

それでも。
人を好きになれたなら。
───いつか恋が叶うのかな？

Life goes on.
All come from love.

第10章
雨のように優しさが降る

出会わなくても

あたしでいられたと　それだけのことを
時間をかけて飲み込んでゆく
手にしたのは自由ではない　あの日あの時も
この手の中に自由はあったのだから

優しくされたことを忘れない
憎(にく)しみにひどく似た　雨のように降(ふ)る

いつか、幸せに。
　8月も下旬に入って。
　どうしても人見知りしがちなあたしも、お客で来た女子学生さんと、会話が弾むようになってきた。
　その日も、仲のよさそうな2人組の女の子が。
　あたしを呼び止めてダイニングルームの椅子に座らせた。
「この子、長沢先輩が好きなんだよね〜」
「言わないでよー」
「ねえネコちゃん、長沢先輩どうだった？
　女の子連れてきてた？」

　泊まる部屋は男女別なんだけど。
　時々明らかにカップルなんだなーという男女も来る。
　長沢先輩というのは、数日前に泊まりに来た人。
　彼女らと同じ研究室の、先輩に当たるらしい。
　確かに爽やかで優しそうで、モテそうな人だった…
「1人だった。特に何も…」
　数日前の記憶を辿る。ふと場面が蘇って。
「あ…」
「やっぱりなんかあった？」
　女の子たちが、乗り出している。あたしは言い淀んだ。
「別に何も…」
「なんかあったんでしょ？　言って。お願い！」
　真剣な目を見ると、嘘も言えなくなる。
「あのテーブルの端のあたりで、ずっとケータイで話してた…」
　あたしは恐る恐る言った。
　客室は相部屋だし、電波も届きにくいので、ダイニングの端で話す人が多いんだ。
「ユウコでしょ…ユウコ先輩」

うつむいたまま、長沢先輩が好きだという方の女の子が呟いた。確かに、その先輩のユウコ、という呼びかけがあたしの耳に残っていたんだ。
　とても… 愛おしげに聞こえたから。
「ごめん…」
　あたしが思わず謝ると、女の子がうつむいたまま、両手で顔を覆った。しばらくそのままで、あたしは胸が痛んだ。
「…うううぅ〜〜〜今晩は飲む！」
　がばっと顔を上げる。
「あの、このペンションお酒置いてないけど」
「大丈夫！テキーラ持ちこんできた！！」
「テキーラ〜？！」

　このペンション、お酒一応禁止なんだけど。
　あたしは彼女らの部屋で、飲み会に付き合った。
　佳枝、という名前のその子は、大学３年なんだそうだ。
　お父さんのコレクションから抜き取ってきたというテキーラを開けて。
　あたしは、冷蔵庫からオレンジジュースを持ってきて。
「あ、あたしジュースにしとく」
　あたしは未成年だし、明日の仕事もあるので…
　佳枝は、コップにテキーラを１センチほど注いで。
　更にその上に、オレンジジュースをどぼどぼっと注いだ。
「これにグレナデン・シロップ入れるとテキーラサンライズ。シロップなしでもうまいよ」
　カーッとあおるように飲む。
　大丈夫かなあ。
「ずっと好きだったのにさ。もうユウコ先輩とは終わった、連絡とってないって…言ってたのに…」
　佳枝の親友らしい、優香子が、優しく佳枝の背中をさすって

いる。
「告（こく）ったらね、OKしてくれて。
　すげー幸せだったの！！　だったのっ！！！
　でもヤったら途端（とたん）に冷たくなるってホント酷（ひど）くね？」
　ぐっと詰まる。
「それは、酷い、ね…」
「その時はすっげー優しかったのにさ。
　次の日から、なんか白けた感じってゆうかさあ。
　避けられてるってゆうか…」
　佳枝の声が小さくなり、うつむく。
「最近、メールも返事来なくなっちゃって。
　電話も出なくて、完璧無視？ってかんじ？
　あーもう、酒持って来い！！」
　酒持って来い、と言いながら、自分でお酒をなみなみと注いでいる。
　さすがに心配になってオロオロしてると…優香子が隙（すき）を見てそっとテキーラを半分別のコップに移した。
　佳枝がそこにオレンジジュースを注ぎ、またあおる。
「もー男なんて信じない！！　わぁん！！！」
　佳枝が、優香子に抱（だ）きついた。
　ヨシヨシ、と背中を叩かれるままに大泣きしている。
　あたしも、聞いてるだけでちょっと泣きそう。

　ひとしきり大泣きした後、佳枝は眠（ねむ）ってしまった。
　お酒のせいで赤くなって、涙に濡れた頬（ほお）。
　赤ちゃんみたいで、とても可愛（かわい）い寝顔。すごーく愛されて大事にされるべき女の子のような気がするのに。
　恋に苦しんでるんだ…

　佳枝が横になったところに、布団をかけて。

優香子が「やれやれ」と言いながら、お酒を手に持った。
「ごめんね、みっともないとこ見せちゃって」
　あたしは首を振った。
「佳枝とあたしは、同じ高校出身なの。
　ちょっとお堅い女子校でさ…」
　優香子がお酒をちょっと口にする。
　あたしもオレンジジュースを飲んだ。
「国立理系進学クラスなんて、もーみんな処女ばっかり。
　佳枝もあたしも、大学デビューって感じで…。大学入って、最初に佳枝に優しくしてくれたのが長沢先輩だったの」
　優香子は、佳枝の髪をそっとなでた。
「この子夢中になっちゃって。
　でも長沢先輩にはユウコ先輩がいて。
　佳枝は1年から3年までずーっと片思いしてて…
　春くらいに、先輩が彼女と別れてさ。
　最近やっと想いが通じたと思ったのに…」
　あたしが、思わず涙をぬぐうと、優香子が驚いた顔をした。
「なんでネコちゃんが泣くのよ。
　いいのよ、泣かないで。よくある失恋」

　あたしは、どう言っていいかわからなくて。
　泣きながら、首を振った。
「…でもこの子のために泣いてくれて、ありがとう」
　優香子が目を真っ赤にしながら言った。
　自分のことみたいに、一緒に苦しんでくれる友達がいるんだ。
「ユウコ先輩のことがまだ好きなのは、わかってたの。
　でもあたしは…　好きだったから…」
　佳枝の声が聞こえた。
　眠ってしまったように見えたのに。
「あたしバカだよね…」

「そんなことない」
　黙っていたあたしが、いきなり強く言ったので。
　佳枝が身を起して、あたしの方を見た。
「そんなことない。好きだったんだから、それでいいんだよ」

"自分がホントに好きだったら、後悔(こうかい)しないんだよ。
　後で、相手はカラダめあてだったんだなーってわかっちゃったとしても"
　そう、何もかもがうまくいくわけではないけど。
　どうしようもなく、雨が降る日もあるけど。
"本当の恋をしているなら、その相手とはうまくいかなくても…　いつか恋は叶(かな)う。そういうもの"
「いつか幸せになれるよ。
　誰かをホントに好きになれたんだから」
　自分に言い聞かせてるみたいだ。
　止まらない…
「好きになれて、よかったんだよ。きっと、幸せに…」
　急に暗闇(くらやみ)になる。
　佳枝があたしに、覆いかぶさるように抱きついていた。
「幸せに、なれる…」

　時に、ひどく痛い日々もあるけど。
　どうしようもなくツライ夜も昼も越えて。
「ありがとう…」
　佳枝の声が、耳元で響(ひび)いた。
　興奮しすぎたのか、カーッとして、眩暈(めまい)がする。
　あたしたちは、いつか。幸せに…
　ガターン。
　佳枝に抱きつかれたまま、あたしは背後に倒れた。

「ネコちゃん？！」
　世界がぐるぐる回ってる。
　立ちくらみと眩暈と気持ち悪さがいっぺんに来たみたい。
　なんで？
　佳枝の話にコーフンし過ぎたのかな。
「あーっ、この子、テキーラ入り飲んだんだ！」
　オレンジジュースが、妙においしく感じたのは、おぼえてる。
　すっごい濃厚で南国味だなーって。
　喉も乾いてたから、ついごくごく飲んだんだ。
　優香子が慌てて美奈代さんを呼びに行く。
　あたしは、床に寝たまま。世界がぐるぐる回って、ワケわかんない…
　あたしお酒って、ほとんど経験ないんだった。
（未成年だから当然か）
　初体験がテキーラって、ちょっとスゴイかも。
　とかなんとか、ぼんやり思いつつ。
　暗転。

　次の日。
　急性アルコール中毒？！と、心配させちゃったけど。
　一晩寝たらすっきり酔いは抜けて元気になった。
　ほっとした。テキーラ怖い…

　そしてあたしは、佳枝と優香子と一緒に稚内を観光した。
　考えてみたら、あまり細かく観光地を回っていないので、美奈代さんに勧められて。
　東京は、まだ猛暑で熱中症患者が続出しているらしいけど。
　宗谷岬に立つと、冷たい強風にあおられ、立ってるのがやっと。
　震えながら、3人で写真に写った。（通りがかりの外国人が撮ってくれた。もしかしてロシア人？！）

ホッケのちゃんちゃん焼きを食べたり。
（生ホッケに味噌を載せて焼く、このへんの名物）
　海岸で、強風に吹かれながら海を見ると。
　オホーツク海に、樺太の島影が。
　とんでもなく日本の先端にいるみたいだな、あたし。

　佳枝と優香子は、翌日には札幌に帰った。
　連絡取り合おうね、と言われて、メルアドを教えてもらったけど。あたしは最近、ケータイを放置したままだし。
　PCも触ってないし。
　ペンションのダイニングルームに、本棚があって。そこに大量の本が置かれていて、自由に読めるので、最近は暇になると本を読んでいる。
　美奈代さんと一郎さんの趣味は広いようで。多ジャンルの面白い本が無造作に詰め込まれていて、図書館より楽しい。
　炊事洗濯掃除って、大量であるほど、肉体労働だし。
　毎日、身体を動かして働いて。仕事の合間に、本を読んで。
　もう、何年もこうしていたみたいな気分だ。
　東京にいた日々が、夢みたい。
　でも…
　鈴華は心配してくれてるかも。
「連絡する」って言っちゃったし。
　連絡した方がいいかなあ…
　でも、電話するのも気まずいような。
　どこにいるか、誰にも言いたくないし。
　絶対に創くんに伝わって欲しくないから…

　いつまであたし、逃げていればいいんだろう。
　創くんが———カナを忘れるまで、何年も？

欧米風。

「ネコちゃん、佳枝ちゃんたちから写真来たよ。見る?」
 呼ばれて、振り向く。
 ダイニングルームの端(はし)には、机があって。
 美奈代さんがパソコンを開いて、あたしを手招きしてる。
「ああ、この間の…」
 一緒に観光した日の写真。
 宗谷岬で3人で写ってる写真と、ノシャップ岬で日本海をバックにあたしだけが写ってる写真。
「ネコちゃんのパソコンに送っておく?」
 あたしの小さなネットブックは、設定もしないまま放置してるから、使えない。
 メールが来てるかもしれないと思うと、開きたくない。
「えーと…」
 あたしがためらってると。
「じゃ、プリントアウトしてあげる。
 よく撮れてるから、飾(かざ)るといいよ」

 美奈代さんに写真をもらって。
 あたしは、3人で写っている1枚をベッドサイドに飾った。
 そしてあたしだけが写っている、ただの海をバックにした1枚を… 鈴華に送ろうかな、と思い付いた。
 PCは開けたくないし、ケータイの電源も入れたくない。
 でもあたしが元気だって、伝えたい。
 プリントアウトした写真を送るなら、いいよね。
 パパにはこの夏休みは帰らないって言ってある。
 鈴華に、元気なことだけ伝えれば…
 とりあえず、何の問題もないよね。うん。

 あたしは、美奈代さんに封筒と切手をもらった。

(何でもかんでも迷惑かけて申し訳ない)
　写真を入れて、「私は元気です。音子」ってメモを付けて。
　封を閉じて、表に鈴華の部屋の住所を書いた。
　封筒の裏には「音子」とだけ書いた。
　これで、出せる。写真に写った背景はただの海だから、あたしがどこにいるかわかんないと思う。
　鈴華もあたしの写真を見たら安心してくれそう。
　…でも、ここから送ると、稚内の消印が付いちゃうのかな。
　と、今更ながらに気付いた。
　困ってしまって、とりあえず。
　3人の写真の後ろに、封筒を立てかけたところで…
「ババアいるか～？」
　玄関先から声が聞こえた。

「何よ、クソガキ。この夏は帰らないんじゃなかったの？」
　美奈代さんが立ち上がり、玄関を覗く。
「口の減らない女だな。俺の家に帰ろうが帰るまいが自由じゃねーのか？　金がねーからついでに寄ったんだよ」
「何、その言い草。"お母様、お小遣いをくださいますか"
　とか言えないの？！」
「おかーさまおこづかいをくださいますか」(棒読み)

　あたしは、呆然としてしまって。
　家に入ってきた少年と、美奈代さんとを交互に見た。
「こいつ誰？　新しいバイト？」
　少年が、あたしを見て言う。
　こんな偉そうなのに、可愛い顔した子供…
　背はあたしよりも小さいくらい。中1くらい…？
「美奈代さん、子供いたの？！」
「あれ？　いないなんて言ったあ？」

「いないとは聞いてないけど…」
　いるとも聞いてない！
　どうして一緒に暮らしていないの…？
「まだ小さいのに…」
　つい、ぽつりと言ってしまうと。
「小さいぃ？！　俺もう高２ですから。
　高校から１人で暮らしてんの。悪い？」
　少年が口をとがらす。
　高２〜〜？！
　そうは見えない。細くて小さくて、えーと…
　妙に可愛い子なんだ。目が大きくて美奈代さんにそっくり。
　あたしは、物も言えなくなって、ぼーっと立ち尽くしていた。
「とりあえず飯食わせろよな。
　途中でガス欠して、遭難(そうなん)するかと思ったぜ」
　どうも、バイクで来たみたいだ。
　ダイニングテーブルの椅子に無造作に座る。
　あたしはハッとして、立ち上がった。
「昨日の残りのチリビーンズだったら、あるけど。
　挽肉(ひきにく)とソーセージ入り」
「それ食う」

　ご飯とチリビーンズをカレー皿に盛って、チーズをかけて出すと。少年はわしわしと食べ始めた。
　少年は、美奈代さんと一郎さんのひとり息子で。
　名前は健(タケシ)というそうだ。
　中学までは稚内に住んでいたけど。
　札幌の高校に進学したらしい。
　一郎さんが、毎週札幌の大学に通う時は、タケシくんの部屋に泊まっているらしい。
　でも今まで、そんな話ぜんぜん出なかったよなあ。

可愛い子には旅をさせろというけど。
　タケシくんは中学の頃、オーストラリアにホームステイしたこともあるそうで。バイクでどこにでも行ってしまうらしく。
　来年は受験生だから、今年の夏は実家に帰らず北海道中飛び回る予定だったようだ。
　身体は小さいけど、アクティブで頼もしい…。

「もうじきさ」
　タケシくんがお代わりのお皿を差し出しながら言う。
「俺のホームステイ先の親父さんがオーストラリアから来るんだよ。だからあさってから、ちょっくら東京行ってくる」
「ちょっくら東京って…」
　まさか、バイクで…
「俺は美奈代ほどモノ好きじゃないから、苫小牧からフェリー乗るよ」
「親に向かって呼び捨てはダメでしょ！」
　美奈代さんが即座に言い返す。
「わかった。僕は美奈代ちゃんほど物好きじゃありません。
　とりあえず金くれ」
　タケシくんが、スプーンを口と鼻の間に挟むと、手を美奈代さんに差し出した。
　美奈代さんがはぁ、と溜め息をついた。
「ネコちゃん、この子口は悪いけど、性格も悪いのよね。
　仲良くしてやって」
「…は、はい」
「美奈代、それぜんぜんフォローになってねーから」

　うちは、姉妹だったし。
　ママもいなかったし。
　男の子とママのやり取りって、面白いなあ…

(あまり普通の家庭ではないのかもしれないが)
　でも、口は悪くても。
　なんとなく、ちゃんとした子の感じがする。ご飯の食べ方がキレイだし、食べ終えたら食器運んでくれたし。

　夜は、タケシくんを囲んで、宿泊客が盛り上がっていた。
　大学生に囲まれても、物怖じしないで会話に入ってる。
　さすが、美奈代さんと一郎さんの子供っていうか…

　タケシくんは２泊して地元の友達と会ったりした後。
　３日目は朝から出発すると言うので。
　玄関先で見送る時、頼んでみた。
「あの…申し訳ないんだけど。
　これ、東京に着いてからポストに入れてくれないかなあ」
　鈴華宛の、薄い封書だ。
　あたしの写真と、メモを入れてある。
　タケシくんが封書を受取って。あたしを、ちょっと見た。
　でも特に何も聞かずに。
「いいよ。東京に着いたら出せばいいんだね。
　東京ならどこでもいい？」
「うん、どこでもいい」
　話が早い。
　賢い子なんだ。
「美奈代をよろしくね。
　あの女、気いつえー割にナイーブだから」
　タケシくんが、バイクのヘルメットをかぶる前に。
　あたしを見ないまま、さらっと言った。

「ナイーブ…」
　あたしがぼんやり言うと、タケシくんが続けた。

「欧米風に言えばお人好しのバカ。日本風に言えば繊細」
　家から美奈代さんが出てきた。
「…美奈代は欧米風」
　あたしから受け取った封筒をひらひらさせつつ。
　美奈代さんには聞こえない程度の声でさらりと言って。

　確かに、口が悪い（笑）
　でも、いい子だ。

「じゃ、東京経由で札幌行くから」
　美奈代さんに向かって言う。
「気をつけなさいよ」
　心配そうな言い方は、お母さんという感じ。
　タケシくんがヘルメットをかぶった。フルフェイスのヘルメットは迫力があるなあ。
　音を立ててバイクが遠ざかるのを、美奈代さんと並んで見送る。

　日本って狭いんだなあ…

Life goes on.

　翌々日の夜、タケシくんから電話が来た。
「ネコちゃん。タケシがあんたに話すことがあるって」
　固定電話の子機を渡される。
「…もしもし？」
"ごめん、封筒、落としちゃったみたいなんだよ"
「あ、…そうなんだ」
"ごめん、ほんとーにごめん"
　電話の向こうで、すごく気にしてくれているのが感じられて。
　あたしは逆に申し訳なくなってしまった。
「そんなに気にしないで〜」
"フェリーから下りた時にバイク転倒しちゃってさ。
　荷物ぶちまけたから、多分その時"

　あの封筒には、写真とメモしか入っていない。
　写真データも美奈代さんが持ってくれているし。
　誰かに拾われたら、捨てられちゃうかもしれないけど。
　ポストに入れてくれるかも…
「ごめんね。ぜんぜん、大したものじゃないから。
　ホント気にしないで〜」
"でもごめんな。悪いことした"
　気にしてくれてるんだ。いい子だなあ。

　あたしって運がいいのかもしれない。
　いい人たちに出会えて、どんどん元気になってきてる。
　そんな風に、最近思えてきた。
　鈴華には、また別の機会に連絡しよう。
　あたしはそう思って…
　すっかり、その封書のことは忘れてしまったんだ。

日々は穏やかに過ぎて、いつの間にか９月。
　その日は、美奈代さんと一緒に買い出しに出かけた。
「ネコちゃん。大学、もうすぐ始まるんじゃない？
　まだここにいて大丈夫？」
　出て行って欲しい、という響きではなかった。
　むしろ「行かないで欲しい」という雰囲気で…
　あたしは、なんだか嬉しかった。
　ここにいても、いいのかなって思えて。
「まだ、ここに居させて欲しいです」
　あたしは、もう大学を辞めてしまおうと思い始めてる。
　東京に帰ったら、創くんを避けられる自信がないし。
　今月中にも、結論を出さなきゃ。

　美奈代さんの留守の時、ペンションの管理をしてくれる魚屋さんに行く。そこのおばさんは、ダンナさんを亡くしてて、子供３人を１人で育ててる。
　とても信仰心の篤い人らしい。
「美奈代ちゃん、あたしホント、つくづくイイ人よね〜」
　サカナを包みながら、魚屋さんのおばさんが言った。
「自分で言ってりゃ世話ないよ」
　美奈代さんが笑ってる。
「あたし、最近、拾いモノが多くて。
　やっぱイイ人が拾うように出来てんのよね〜。
　この間、マフラー拾って、持ち主見つけだしちゃったし」
　マフラーって…秋が始まったばかりなのに。
　この街は、１年のほとんどが冬なのかもなあ。
「名前書いてあったの？」
　美奈代さんが聞く。
「イニシャルだけ！　でも探し当てたわよ、スゴイでしょ？」
「すごいねぇ…」

美奈代さんに褒められて、魚屋さんが満面の笑みを浮かべた。
「ちゃんと落とし主の気持ちをね！
　すっごく思ってあげてるわけよ〜〜〜。
　ここで落としたなら、きっとこの道が通学路の中学生だなとか。これはきっと宗谷岬まで持ってってあげれば喜ぶなとか」
「ほぉ…」
　美奈代さんがテキトーに聞き流してる。
「いやもう、ホント優しいから。
　年々人格者になってってるよあたし」

　魚と、その他食料品を買いこんで。
　車に戻りながら、美奈代さんが言った。
「ここにいるなら、車の免許取った方がいいかもねぇ」
「はぁ…」
「だんだんね、資格取るとか、学校に通うとか、考えるといい。
　…チャンと考え始めると、途端に人生がさ。
　全然別の方向に回り出したりするけど〜」
　エンジンをかけながら、美奈代さんが笑う。
　確かに美奈代さんは…好きな人を追って、南半球に行って。
　好きな人と再婚して、北の果てに住んでる。
「人生」なんて単位で、考えたことなかったけど。
　女の子の人生って…　変わるんだなあ。

　ここは、地元でも東京でもない。
　創くんに会わなくて済むし。
　美奈代さんは優しくて、とても落ち着く。
　あたしは、しばらくここに居させてもらおう。

　あたしは車の助手席から、行き過ぎる街並みを見ていた。
　もともと、そんなに人口が多くないんだろうけど。

北海道の人は、家の中にいるのが好きみたい。
寒いからかな。
短い夏が過ぎて、かなり寒くなってきて…
どこも閑散（かんさん）として、さみしい感じ。

すると稚内（わっかない）の駅前通りを。
このへんで見慣れない…よく知ってる人影（ひとかげ）が、歩いてるのを見たような気がして。
ドキッ…　とする。
多分気のせい。
自分の心の底の、願望が出ちゃったみたいだ。
恥ずかしい。

その夜。
あたしは、人生について考えてみた。
カナを喪（うしな）って…
家から通える大学がなかったこともあって。
逃げるように地元を離れて、なんとなく東京の大学に進んだけど。東京である必要なんて、全然ない。
もっと自然の多い…そう、北国でもいいんだ。
次の春から、大学でも専門学校でも入り直せば、1年遅れで済む。もう18才なんだから、働いてもいいんだ。
ここに居させてもらいながら、しばらく考えよう。
やりたいことが、見つかるかもしれない。
パパには迷惑（めいわく）かけちゃうけど。
きっと許してくれると思う。

人生は続く。
あたしは自由で…
どこに行っても、何をしてもいい。

交差点は、扉。

力技ですね
運命って何でしょうね
言葉を微分してゆくと　宇宙になりますね

あなたでいられたことに
密やかに感謝しました
清らかさと強さの絶秒のバランスで
想いは　涙になりますね

交差点で懐かしい人にすれ違うのは
そこがあたしの扉だからかな

恋があってもなくても　扉は開くでしょう
運命のように

交差点はあたしの、扉なんだ。

　美奈代さんのペンションは、9月に入ってからはお客も減って。急に10人位の団体が入ったり、出入りが不安定。
　でも今日明日は予約もなくて、完全に暇。
　8月中はそういう日がなかったから、ちょっと珍しい。
「今日はお客もないし、でもまだ寒くないし」
　といっても、もうけっこう寒くて、セーター着てるけど。
「観光地連れてってあげるよ。
　ついでに、タコしゃぶでも食べに行こう。
　8月に札幌の子たちと回った時は、バス使ってたよね？
　車の方が効率的だから」
「あ、…ありがとうございます」
「今度暇を見つけて、礼文島や利尻島にも連れてってあげる」
　美奈代さんがあたしを見て、笑った。
　有難いなあ、と思う。
　すっかり美奈代さんにお世話になりっぱなしだ。
　いつか、恩返しできたらいいなあ。

　車の助手席に乗り込みながら、あたしは言ってみた。
「美奈代さん、この街にスクランブル交差点って…ないか」
　あたしは苦笑した。
　そんな大通り、ないよなあ。
　あたしの地元も、一番の繁華街でもけっこう閑散としてるし。
　東京みたいに混んでるところの方が、珍しいよね。
「そうだねえ、交差点自体、そんなにないもんねえ。
　冬になるとまた、淋しくなるんだよねこれが」
「雪、降りますか」
「降る降る。冬はずっと雪がとけないの。

風が強いからまた、寒いんだ」
　聞いてるだけで、凍えそうな感じ。
「吹雪の時は、完全に前が見えなくなっちゃうの。
　真っ白。ホワイトアウト。
　10メートル先に停めた車がわかんなくなっちゃってさ。
　迷って死にかけたことある」
　思わず絶句してしまい、美奈代さんを見た。
　あたしは、けっこう寒いとこで育ったから、まだわかるんだけど。(それでも、これから来る稚内の冬がすごく怖いが)
　美奈代さんは、東京で生まれ育ったのに。
　オーストラリアに住んだり、北の果てに住んだり。
　スゴイ。
　今あたしは、恋の力を見た気がした。

　稚内は、観光スポットが多いような気がする。
　ノシャップ岬に着いて、しばらく歩く。
「今日は天気がいいね。利尻富士がキレイ」
「ほんとだ…」
　海の向こうに、利尻島が見える。
　利尻島には、利尻富士という山があって、稚内からもよく見えるんだ。
　でも、前にここで写真を撮ってもらった時には気付かなかった。霧で、よく見えなかったから。

　次に、高台の稚内公園に行って街を見下ろす。
　街を見下ろすと、人って身を寄せ合って生きてるんだなぁって思う。
「北防波堤ドーム行こうか」
　美奈代さんが言ってくれて、あたしは嬉しくなった。
　そこは防波堤になっている、ドーム状の建物で。

とても大きくて、カッコいい形をしているんだ。
「8月に来た時は、ドームの下が賑わってて、気遅れしちゃって。遠くから写真撮ってすぐ帰っちゃったんです」
「バイクの人の溜まり場になってたりするからねえ。
　今日も来てるかもしれないけど」
　美奈代さんは、ドーム近くの道の端で車を停めた。
　ちょっと冷え込んでいるせいか、今日は周辺が静かだ。
　♪〜♪♪〜
　美奈代さんのケータイが鳴った。
「あらら。あたし車にいるよ。
　ネコちゃんちょっと見てくれば？」
　言いながら、ケータイを取り出して開く。
　あたしは、ひとりで車を降りた。

　遠く離れたところからドームを眺めて。
　近付いて、覗きこんで…
　とにかく大きくて、向こうまで歩いたらかなりの距離。
　よく見ると、テントを張ってる人も少しいるみたいだし…
　あたしは入口から、ドームの中を覗きこんで、10メートルほど入って…
　やっぱりちょっと気遅れして、また入口に戻ってきた。
　大きくてなんだかドキドキする。
　美奈代さんも待ってるし、もう戻ろう…
　あたしはドームを出て、元来た道を歩いて。
　ふと、横の大通りを見た。

　大通りの向こうに、稚内で一番大きな高級ホテルがある。
　ドームは、稚内のシンボルであり…
　このへんはある意味、街の中心かもしれない。
　そしてあたしは。

大通りを貫く交差点の…
　真横に立っていることに、気付いた。

　人の目は、自在に焦点を変化させるレンズだ。
　超優秀なカメラのように、ココロに寄り添って…
　ピントを合わせる場所を、変えてゆく。

"希望はいつも遠く"

　交差点の向こう。
　背の高い人物を捉える。
　———神様。

"熱を帯びた言葉とてのひら
　距離は自由だった　恋のものでいられた"

　口元を両手で覆う。
　———どうしてここにいるの？

"それでも時にほどかれてゆく"

　近くにいてはいけないと思って…
　あたしはここに、逃げて来たのに。

"儚さのままで　せめて　一途な恋心よ"

第11章
希望はいつも遠く

希望はいつも遠く

熱を帯びた言葉とてのひら
距離は自由だった　恋のものでいられた
それでも時にほどかれてゆく

儚さのままで　せめて　一途な恋心よ
消せない想いも　いつか消えてゆくなら

希望はいつも遠く
音が空気に溶け入るほどに遠く
記憶を今に重ねる
遠ざかる　ささやきのように

遠く　気の遠くなるほど近く

チェックメイトみたいな。

　後ろから、なんか…叫び声みたいのが聞こえる。
　たぶん、「音子ーーーっ」って呼ばれてる。
　よくわかんないけど。

　あたしは美奈代さんの車に駆け戻った。
　慌てて助手席のドアを開けようとしたけど、開かない。
「美奈代さん、車開けてっ」
　半分泣きながら叫んだ。
「どうしたの？」
　美奈代さんはまだケータイで話してて。
　あたしを見て不思議そうな顔をして、「後でまたかける」とか言ってる。
「あああ、急いで〜〜」
　やっとドアロックを開けてもらって、助手席の扉を開いて。
　車に乗りこんで閉めようとした時に、扉を掴まれた。
「その人誰？」
「美奈代さん、早く〜」

　創くんが、助手席のドアと車の間に入り込んだ。
　この状態で車が走り出したら、かなり危ない。
　美奈代さんが、車を出すのを諦めて、あたしと創くんを交互に見た。事情を推し量ってる感じ。
　どうしよう。もう何がなんだかわからない。
　あたしは、両手で口元を覆って。
　うつむいて、目をぎゅっと閉じた。
「知り合いなの？」
　美奈代さんが、あたしの顔を下から覗くように言った。
「…」
　創くんは無言だ。

かなりコワイ。

　美奈代さんは、創くんの方を見て。
「君、わざわざ東京から来たの？」
　一拍の、沈黙。
「東京から来ました」
　あたしはうつむいて目を閉じてるので、声だけ聞こえる。
　かなり、冷ややかだ。
　創くんが怒ってる…　かもしれない。
「この子の元カレ？
　この子にフラレて納得できずに追っかけてきたの？」
「そうは思っていません」
　また冷ややかな声が聞こえて、あたしはいたたまれなくなって。慌てて顔を上げた。
「あの、美奈代さん、あたし創くんとは…」
　付き合ってたわけでもなんでもないし、と言いかけると。
「今も付き合っていると思っています」
　息が止まりそうになった。

　美奈代さんが、あたしをじっと見た。
　それから創くんを見て。
「君、車で来たの？」
「いえ。飛行機で」
「今日来たの？」
「いえ。もう1週間近く経ちます」
「…そっか」
　美奈代さんは車の後ろのシートをちょっと振り返ってから。
「乗んなさい。とりあえずうちに行くよ」
　創くんが、助手席のドアを閉めて、後部座席に乗り込む。
　あたしは、何も言えないまま…

心臓がバクバクしてる。
どうしてここに創くんがいるの？
もう１週間も前から、このへんに来てたの？
あたしと付き合ってるなんて…
どうして、嘘をつくの？

車が、動き出した。
「ペンションなんですか」
創くんが聞いた。
なんで美奈代さんがペンションやってること知ってるの？
「一応ペンションって言ってるし、簡易旅館の認可もとってるけど。内容はユースや民宿の都合のいいとこをくっつけてテキトーにやってる。基本的に紹介のある人しか来ないし、これで食べていこうとしてないからさ」
「宣伝を出してないんですね」
「そうだね。ガイドブックには載せてない。
　インターネットでも引っかからないと思う。探したでしょ」
美奈代さんが、しれっと笑顔をバックミラーに向けた。
「…探しました」
声が、低くて。
疲れているようにも、怒っているようにも聞こえる。
角度が合わなくて、バックミラーを見ても創くんが見えない。

美奈代さんは、さすが大人の貫録で。
創くんから、あたしと地元が同じであることとか、今は大学生で、東京に住んでいることとかを、素早く聞き出して。
そして簡単に、あたしとの出会いとその後を説明した。
創くんは無言で話を聞いていて。
時々押し殺したような溜め息が聞こえて、あたしは震え上がった。

確かに、かなり突発的で危ないよね。自分でも、出会ったばかりの人とよくこんなところまで来たと思うもん。
「ネコちゃんを連れて帰っちゃうの？…淋しくなるなあ」
　美奈代さんがハンドルを回しながら口をとがらせた。
「あ、あたしここに、ずっと…」
　車内の空気が凍りついたような気がした。
「あの…　居たい、んだけど…」
　創くんの、少しイラついたような声がした。
「大学は」
「辞める」
「まぁまぁまぁ…」
　美奈代さんが苦笑した。

　ペンションが見えてきた。
　どうするんだろう。創くん、ここに泊まるの？
　もう、会うつもりなかったのに。
　10年くらい経ってから…ドラマみたいに、結婚して子供を連れた創くんと、道ですれ違ったり…
　そんなのをイメージしてたんですけど。
　す、隙を見て逃げようかな。あたしの部屋に行って荷物取ってきて…
　車がペンションの敷地に入って停まった。
　あたしが視線を泳がせていると。
「ネコちゃん」
「ひっ…っ」
　美奈代さんに声をかけられて、飛び上がる。
　振り向くと、美奈代さんが優しく笑った。
　わかってるよ、というような。
　美奈代さんは運転席から後ろを振り向いた。
「君、免許持ってる？」

創くんが答える。
「運転免許なら持っています」
「見せて。ついでに、学生証も」
　あたしは思わず美奈代さんを見て、振り向いて創くんも見た。
　創くんは、後ろポケットからお財布のようなものを出して。
　運転免許証と学生証を美奈代さんに手渡した。
「頭よさそうに見えたけど、本当に頭いいんだね」
　美奈代さんが学生証を見て感心したように言う。
　創くんは無表情だ。
「学生証は預かっとく。こっちは返す」
　美奈代さんが創くんに運転免許証を返しながら。
「車を貸すよ。まぁ、あとは２人で話し合って」
　耳を疑った。
「えええぇ？」
　驚愕してると、美奈代さんはさっさと車を出て。
　後部座席のドアを開け、創くんが車の外に出た。
「ありがとうございます」
　創くんが、淡々と運転席に乗り込んできた。
　美奈代さんが運転席を覗き込むようにするので、創くんが窓をガーッと開ける。
「あまり暗くならないうちに帰ってきて。悪いことはしないでね」
「悪いことの定義によります」
　美奈代さんが苦笑した。
「正直だねぇ」
「俺の倫理観に任せてもらえるなら」
「信じとくよ」
　そんな、美奈代さん、会ったばかりの人を信じちゃっていーの？！
（↑あたしには人のことは言えない！！ことを忘れている）

「みみ美奈代さん、あたしあの、…」
「ネコちゃん、お幸せに」
　美奈代さんがちょっと泣き真似をした。
　窓がガーッと閉まると同時に、片手でガッツポーズをして、片手で手を振る。
　ちょっ、ちょっとこの人…
　"美奈代はナイーブだから"
　創くんが車のアクセルを踏んだ。
　カナ、世の中にはいろんな大人が…

　車はためらいなく、ペンションの敷地を出た。
　怖くて、創くんの顔が見られない。
　創くんは無言のまま運転してる。
　気まずい沈黙の中を、あたしはうつむいて。
　市街地は5分も走ると抜け出て、周囲は郊外。
　顔を上げると、何もない荒野だ。
　どうしよう。
　何を話せばいいのか、何がなんだか、わかんない。
　勇気を出して、そっと横を見る。
　無表情だけど、怒ってるみたいに…　見える。
　あたしはまたうつむいた。
　ぎゅっと握った右手の握りこぶしが、震える。

「…探したよ」
　唐突な言葉に、創くんを見る。
　創くんはまっすぐ前方を見たまま。
　あたしが何を言えばいいかわからず、黙ってると。
　創くんが続けた。

「いきなりいなくなって、困り果てた」

カナじゃない。

"逃げられちゃうと、困る"
　創くんの部屋で言われた言葉が、蘇る。
　困る？
　どうして？
　カナのレプリカがいなくなると困るってこと？

「未成年の女の子がいなくなるって、どういうことかわかる？」
　そう、言われても。
「あの…」
「音子が俺の部屋に来た時は、何とも思わなかった。
　音子は俺のことが好きなんだと思ってたし。
　ただ素直になってくれたのかなとか」
「…」
「でも朝になったらいなくて…
　後から考えれば、音子の様子は変だった。何か思いつめてた。
音子の部屋に行っても、帰ってない」
　ハンドルをぐぃんと回す。
　舗装されてない道を入ってゆく。
「ケータイも相変わらず出ない」
「あ、あの…」
　風景は、見渡す限りの荒野だ。
「夜になっても帰らない」

　言葉に怒りのような熱がこもる。
　あたしは怖くなった。
「あの、ご、ごめんなさい…」
　創くんが車を停めた。
　視界を遮断するものがない、広々とした景色。
　誰もいない。2人きりだ。

「きっと実家だろうと思って電話してみた。
　まずは、心配させないように同窓会の連絡のふりをして。帰ってきてないし、夏休みは帰る予定がないと言われて青ざめた」
「…」
「…気が気じゃなかった」
　どうしよう。
　そんなに心配させるなんて…
「ごめん、なさい…」

「東京で音子とつながりのある人間なんてほとんど知らない。
　前に会ってた男なら顔を憶えている。
　待ち合わせしてた場所の最寄り駅で掴まえた」
「ゆ、祐哉さん？」
「音子とはその後一回も会ってない、フラレたと言われた。食い下がったら、そいつが目の前で鈴華って子に電話をかけた」
「鈴華に？！」
　ついあたしは叫んで。
「鈴華が俺に会いたいと言うから、鈴華と、鈴華の恋人と会った。知ってる事情を言い合って。
　音子の失踪の理由と行き先について話し合った」
　あたし、失踪したことになってるのか…そうか…
「鈴華と拓真くんに、会ったんだ…」
「鈴華が、音子からの電話のことを話してくれた。
　東京を離れて働くとか、大学を辞めるかもとか…
　音子は"死なないから安心して"と言ってたそうだが」
「…」
「でも女の子が保証人もなくできるような仕事なんて…」
　あたしは頭を抱えた。
　知らないところで、かなり大ごとになってたかも。

「そうしているうちに、音子の部屋にペンションからの郵便物が届いて」
「ペンションって…あ、あの」
「"日本一の紅葉が自慢"のモントランブランから」
　なんだっけ？　あ、何か電話で言われたっけ。
「"せっかく働いていただく予定だったのに、夏休みはペンションを閉めることになってしまってごめんなさい。
　秋になったらぜひお友達や彼氏さんといらしてください"
　一泊ペア無料宿泊券が入ってた」
「ホントに送ってきたんだ…」
「ペンションに電話して事情を聞いた。もう新宿に出てきていて帰れないと言っていて申し訳なかったと」
「…」
「つまり、新宿でいきなり足取りが途絶えたことになる。
　実家にも友達の家にもいない。新宿近辺のネットカフェを回ったがいない。急に住み込み可能な仕事なんて、危ない仕事しか思いつかない」
　創くんがハンドルに両手を載せ、頭を垂れた。
「決心して音子の実家に連絡した。
　お父さんが東京に来て、部屋が片付いてるのを確認した。
　それで音子の捜索願を出した」
「…っ」
　あたしは口元を両手で覆った。

「捜索願を出しても、警察は家出人の捜索なんてしない。
　やはり住み込みの仕事を見つけて働いているのではないかと、探した。
　ペンションだけじゃなくて、ホテルや民宿やレストラン…」
「…」

「でも年齢や名前を偽っていたらどうしようもない。
　日本中探して歩くわけにもいかないし…」
　あたしは年齢も名前も偽ってなかったけど。美奈代さんのペンションは、一般広告を出してなかったんだ…。
「ネットで尋ね人広告を出すことを考えた。
　懸賞金をつけると、あっけなく見つかることもある。
　でも顔写真や名前を出すことになる。音子の将来を思ってお父さんがためらった」
「そんなことまで…」
　あたしは涙目になってしまった。
「行き詰まっていた時に、鈴華のところに写真が届いた。
　海をバックに音子がひとりで写ってる写真。
　封筒に宗谷岬の消印がついていた。日本最北端の…」
「えっ…」
　あの、タケシくんに頼んだ封書？？
　フェリー降りてから失くしたんじゃなかったの？？
　宗谷岬って…

　何かが記憶の片隅で引っかかってる。
"ちゃんと落とし主の気持ちをね！
　すっごく思ってあげてるわけよ〜〜〜。
　これはきっと宗谷岬まで持ってってあげれば喜ぶなとか"
　魚屋さんの奥さんの言葉。
　タケシくん、家を出てすぐ封筒落としちゃったんだ、きっと。
　魚屋さんの奥さんは、東京行きの封筒を見つけて。
　わざわざ最北端の宗谷岬の消印にしてあげようと…
（ポストに入れると稚内消印になってしまうから）
「失踪した人間が。
　わざわざ最北端にいるアピールをするとは…」
「いや、あの、それは手違いで…」

「きっと別のところに住んでて、稚内に旅行で行ったとかそういうことかなと。情報かく乱を図ってるに違いない、と思った」
「いや、そんな難しいこと考えたわけではなくて…
　本当は、東京でポストに入れてもらうつもりだったの…」

　創くんがあたしを見て、溜め息をついた。
　それからまた、前方に視線を戻して。
「でも、写真が決め手だった。スキャナで取り込んで引き伸ばすと、背後の日本海にうっすら、利尻富士が写ってた」
「え？　そんなの、あたしには全然…」
　Ｌサイズの普通の写真では、霧で背景はぼやけて見えなかったのに。
「写真が家庭用のプリンタで出力されてる。
　稚内に旅行で来たなら、住んでる場所に帰ってからプリントして。また宗谷岬の郵便局に出しに行かないと、宗谷岬の消印にならない。
　本当に稚内にいるんだと思った」
　あちゃー…
「利尻富士は特徴的な形をしてる。
　宗谷岬の消印がなくても、あの写真でいずれ居場所がわかったと思うけど。もっと見つけるのに時間がかかったと思う」

　しばらく、沈黙が続いた。
　あたしは創くんの話に愕然としてしまって。
　うつむいて、ぼんやりしていた。
「あの…」
　恐る恐る、言う。
「迷惑かけて、ごめんなさい…。
　あの、あたし、そんな大ごとになってると思わなかった…」

顔を上げることができない。
「カナがいなくなってから、なんとなく生きてて。
　東京を離れて、いろんなこと考え直したかっただけで…」
　声が、少しかすれてしまう。
「失踪とか、そういうつもりなかったの…」

　言葉に直すとなんだか嘘っぽい。誤魔化してる、と思う。
　あたしは逃げたんだ。逃げて、誰にも居場所を言わないことが失踪なら、その通りだ。
　でも、何て言えばいいの？
　言える？
　あなたが、カナを忘れられないのを見て、つらかったって？
　一度だけ、カナの身代わりになって…
　消えたかったって？

　創くんは、あたしを心配して、ずっと探してくれたんだ。
　どうして、あたしなんかを。
　創くんはカナを忘れられないから、カナの残した影を探しているんだ。あたしの中の、カナの面影を…
　あたしは、カナにはなれないのに。
　カナになれたのは、あの晩だけ。
「…見つかってよかった。ほっとした」
　優しい口調だった。
　逃げたことを、責める響きのない。
「みんな心配してる。東京に帰ろう」
　あたしはうつむいたまま、ぼんやり手元を見ていた。
　東京に帰ったら…
　あたしはどうするんだろう。

　カナが死んで。

抜け殻みたいになって。
ふと気付くと18歳。あたしは自由だと思った。
どんな風に生きてもいいんだって。
あたしは、どこへ行くのも自由なんだって…
そう思った。
消えたかった。創くんの前から。

「音子…」
　あたしの身体に影がかかる。
　顔を上げる間もなく、左肩が抱き寄せられた。
「…っ」
　逃れようと窓の方を向く顔が、創くんの掌で反対に向けられて、唇が重ねられる。
　創くんは、あたしの中に。
　───カナを探し続けるの？

　好き。
　好きだけど、ツライ。あたしはカナにはなれない。
　たった一度だけ。
　カナの身代わりでいいって…
　カナになりたいって思ったのは、あの晩だけ。
　力一杯、創くんの身体を押し返そうとして。
　でも抱き寄せられた腕の力は緩まない。
　キスがどんどん深くなってゆく。
　逃れようと、創くんの背中を叩く。叩きながら涙がこぼれた。
　ガタ、と音がして、身体が揺れた。
　背中にすっと冷たい感覚が走る。
　あたしの座っているシートの背もたれが、後ろに倒れ始めてる。

スイッチが押されたらしく、シートが自動でゆっくり倒れてゆく。あたしには止めようもなく。
　同時に、創くんがのしかかってきて。
　創くんの唇があたしの首筋に移ってゆく。
　腕も身体も押さえつけられたまま、身動きがとれない。
　どうしたらいいんだろう。
　どうしたら。
　創くんが好き。
　好きだけど、ツライ。

　喉の奥から嗚咽が漏れる。
「ふ、うぇ…うっ、…」
　涙がボロボロ、ボロボロこぼれて止まらない。

　あたしは———
　カナじゃない。

天使か、悪魔か。

　子供みたいに泣きじゃくるあたしの上で、動きが止まった。
　乗っかっていた重みが…　ふと、軽くなった。
　あたしの右腕を押さえつけていた、創くんの左手が離れた。
　創くんの表情が見えない。

　カナを喪って。
　あたしはずっと、うずくまったままだった。
　でも、いろんな人の優しさに助けられて。
　少しずつ、元気になって。
　ある日、あたしは目覚めて。
　この世界に、もう…　カナがいないことを知る。

　創くんがあたしから離れ、運転席に戻った。
　ハンドルに手を置いて、斜め向こうを見てる。
　あたしは横になったまま、両手で顔を覆って、涙がこぼれるにまかせていた。
　あたしの好きな人は、カナの恋人。
　そしてあたしは、カナではないんだ。
　すき。
　好きだから別れてゆくこともある。

　どうしようもなく。
　———雨が降るように。

「…悪魔だ」
　創くんがぽつりと言った。
　あたしは一瞬耳を疑って。
　それから恐る恐る。
「あの、今何て…」

「音子が悪魔だってわかった」
 愕然として、涙も止まってしまい、起き上がる。
「あの、悪魔って…」

 創くんが、あたしのシートを元に戻してくれて。
（美奈代さんの車にずっと乗ってきたあたしが、このシートの倒し方知らなかったのに。どうしてこの人、そーゆーことは知ってるの？！）
 ちょっとあたしから目を逸らして。
「カナが言ってた」
「あたしが悪魔だって？」
「いや、逆。カナはずっと言ってた。
"あたし、天使みたいって音子によく言われるけど、悪魔なの。
 本当の天使は、音子なのよ"って…」
 あたしはびっくりして。
「カナが、そんなこと…」
「でも、今わかった。音子は悪魔だ」
 あたしは絶句した。
「俺の心をズタズタにして…
 俺が一生立ち直れなくなればいいと思ってる？」

 あまりの言葉に、あたしは絶句したまま。
 しばらくボー然として…
 数十秒か、数分か。
 かなり経った頃に、ハラハラと涙がこぼれてきた。
「なんでそんなこと、言うの…」
 あたしはうつむいて。
 必死でそれだけ言って。

「カナを亡くして、心の整理がつかないだけで…

時間をかければいつか、素直(すなお)になってくれると思ってた。
　でも音子(きら)は、俺を嫌ってたんだな」
「そんな…」
「あの日、俺の部屋に来たのは俺を振り回して嘲笑(あざわら)うため？」
　創くんの口調が鋭く冷たい。
「…っ」
　刺すような言葉がツラすぎて、あたしは顔を手で覆った。
　涙が溢(あふ)れる。

　重い沈黙。
　長い間、あたしは泣いていた。
　何を言われているのか、うまく心に入って来ない。
　しゃくりあげるたび、喉が痛みで焼けるようだ。
　好き。
　でも、好きだって言えない。
　言っていいのか、わからない。
　あたしは、間違っていたのかな。
　あたしの行動は、結局は創くんを苦しめたんだろうか。
　うつむいて、泣きじゃくって。
　息苦しくて。胸に差し込むような強い痛みが走って。
　苦しくて胸を押さえて、それでも涙が止まらなくて…

「音子。俺は好きだよ」

　言葉が降ってきて。あたしは、顔を上げた。

「天使でも悪魔でも。俺を好きでも嫌いでも。
　…俺は音子が好きだ」

最終章
「大切にしてね」

「大切にしてね」

ちぎれるほどに手を振って
遺言(ゆいごん)に似た　舞い降(お)りるような
翼(つばさ)を持った愛をくれた
君がいなければ　生きてはいなかった
泣きそうな思いで口にしながら
ああ　そんなことではなく

君がいなければ　死ぬことさえできなかったよ
緩慢(かんまん)な地獄(じごく)を　生き続けていたよ

闇と絶望の巣食うこの場所から。
　言葉が… 理解できないまま、心を通過してゆく。

「創くんが好きなのは、カナ…」
　振り絞るように、言う。
　創くんが少し驚いた目であたしを見た。
「カナのことは好きだったよ。
　でも、もう終わったことだと思ってる。
　俺は音子が好きだ。…わかってくれてると思ってた」

「カナを忘れられないって、言ってた…」
「一生忘れられないよ。カナの記憶は鮮烈だ。
　音子にとってもそうじゃないのか？」
　あたしは、片手で痛む胸を押さえて。
「よく、…わからない」
　創くんが、あたしを好き？

　特別な女の子だったカナ。
「カナが、もし生きてたら、創くんは今もカナと幸せだった筈で… でもカナが死んでしまったから。
　あたしは、カナの身代わり…」
　あたしは、身代わり。
　それも、たった一晩しかもたない不良品だ。
「あたしが、カナと似ているから。創くんは…」
　あたしの中に、カナを見つけて。
「だからあたしと…」

　創くんが少し首をかしげて、淡々とした目であたしを見た。
　しばらく沈黙があって。
　それから、少し笑った。

「あの日音子は、あたしカナと似てる？って聞いてたね」
「…うん」
　あたしは頷いた。
　似てるねって言われて。ああやっぱりって…
「全然似てねーよ。双子とは思えない」
　がーん。
　そう言われるとかなりショック。

「そっか…」
　あたしはうつむいた。愕然として、目の前がかすむ。
　考えてみれば、あたしはカナみたいに可愛くない。
　ウヌボレてたんだ。恥ずかしい…
「俺は何て言えばいいわけ？
　音子が望む方を答えるよ。似てるでも似てないでも」
　そう言われてあたしは、目がテンになって。
　少し苦笑した。
　泣きすぎて、笑うと胸が痛む。
「カナはカナだし、音子は音子だ」
　昔から。創くんはカナにもあたしにも、優しかった。
　カナの姉としてじゃなく、あたし自身として接してくれてた。

「一緒にコーヒー屋さんに行った時も、創くんはやっぱり、あたしに興味ないんだなって…」
　あたしがぽつりと言うと、創くんがちょっと驚いた顔をして。
「興味なかったら、待ち伏せしたりしないよ」
「祐哉さんのこと、"あいつ誰？"って聞きかけたのに。
　"答えなくていい"って…」
　創くんが目を丸くしてあたしを見た。
　それから、真面目な声で。
「彼氏ですとか言われたらどうするんだよ。

絶対引き下がれない時は、聞いちまったらダメなんだよ。
…言わせないでかっさらってゆく」

今度はあたしが目を丸くする番だった。
涙が滲んでくる。
「あたしをカナの代わりだと、思ってくれていいって、思ってた…」
声が震える。
「あの日、だけでも…」
沈黙があった。
それから創くんは、少し微笑んで。
「俺はやっと、音子が何を考えてたか見えてきた」
左手を伸ばして。
あたしを抱き寄せて。
「代わりのはずがない。…あの日抱いたのは音子だ」
涙でぐちゃぐちゃの頬にキスした。

それから、創くんがあたしの肩を抱いたまま窓を覗きこんだ。
「出ようか」
狭い車の中にいなくてもいいんだ。
こんなに、広々としているんだから。
あたしを離し、創くんがドアを開けて、車の外に出た。
続いてあたしも出る。
車が停まっているのは、舗装されてない、けもの道。
見渡すと地平線まで広がる荒野。
なんて綺麗なんだろうと思う。人の手が入っていない。
あたしたちだけ。絶景だ。
ここは、天国に続いてるんじゃないかと…
あたしはふと、思った。
カナがいるかもしれない。

あたしがいて、創くんがいる時には。
いつもカナが…　ここに。

俺とカナが2人きりの時に、何を話してたか知らないよね？
…創くんは、そんな風に話し始めた。
懐かしむように、広がる地平線をぐるりと見回して。

カナと出会って、"あたし、死ぬけどいいの？"と言われて。
付き合わないなんて、あり得ないと思った。
自分が死ぬことを知っている少女の澄んだ瞳。
惹かれていた。…どうしようもなく。
俺は、未来が閉ざされた気分で荒れていて。
カナは死ぬことについて、いつも考えていて。
同じ傷を負っていた、と創くんは言った。
お互いの深い傷は、共有できる傷だった。
運命的だったよ、と。

"ねえ、将来のお医者さん"
　カナの口癖。
"あなたはいつか、沢山の患者さんを受け持って。
　どの人も先端医療を必要とする重病患者で。
　そしてあなたの手にかかって死ぬ人もきっといるわ"
「命を救う名医になって、とか普通言うんじゃないの？」
"人はいずれ死ぬのよ。
　病院なんて、死すべき患者の行軍の中から、たまに少しばかり延命ができる命を拾う…空しい作業場だわ"
　カナがまっすぐ前を見て、言う。
"お気の毒に。あなたの将来は砂漠に水を撒くようなものね"

　カナの言葉は、胸に突き刺さった。

そう、経営がうまくいってない病院の将来を、憂えていたとか…　そんなことは悩みの本質ではなかった。
　俺は、病院という場所が好きになれなかった。
　医師という仕事にも魅力を感じなかった。
　患者の延命に失敗したり、わずかばかり延命したりしながら。
　医師は死んでゆく患者を日々見送るだけの存在に見えていた。
　広がる未来がひどく虚しく思えた。
　親父を見ていても、尊い仕事だとは思えなかった。
　どちらかというと、汚い…
　人間の内側に住む病に、背水の陣で向かう汚れ仕事だ。
　いつか負ける。人はいつか死ぬのだから。

　幼い頃からずっと、胸にモヤモヤがあった。
　死が日常と化す病院という場所。
　社会は、死にゆく人間を病院に隔離し。
　死は逃れられない運命のように、一定の時間を経て訪れ。
　そして病院内でも、死体は隔離される。
　死は、速やかに処理され、日常は続く。
　医師になりたい気持ちは、すっかり失せていた。
　子供の頃から馴染んだ、死の匂いに満ちた空間。
　老いと死、闇と絶望の巣食う場所。
　いつか必ず出てゆくつもりだった。
　ここを出て、都会へ行く。若さや活気の溢れた雑踏の中へ。
　なのに、一生、ここに閉じ込められるのだと言われて。
　俺は荒れていた。どうしようもなく。

　カナに突きつけられて…俺は俺の中の闇に気付いた。
　そう、多分。そこを突き詰めると…生まれて死ぬこと、全部くだらねえってあたりに行き着いちまう。
　創くんはそう言って笑った。

"ごめんね。今のはあたしの… 意地悪"
　カナは俺を救ってくれた、と思う。
　文字通り、カナ自身の命をかけて絞り出した言葉で。
"ねえ、創くん。人はどうしようもない空しさとか、痛みを…
　一生かけて納得(なっとく)してゆく。
　そのために、人には時間が与えられているんだわ"
「時間って、人生のこと？」
"そうね、標準的な人生かな。年寄りになるまで生きて、多分人は自分の中の闇と折り合う"
　カナは俺の方を少し見て、また前方に視線を戻した。
"だから将来のお医者さん、医者に存在意義はある。
　ひとりでも多く、少しでも長く命をつないであげて。
　きっとその行為は、人の魂を救う"
　カナの言葉に、返事ができなかった。
"死は、いずれ必ず負ける戦争のようなもの。
　長い時間をかけて人は負けてゆく。
　でもあたしの一生は短い"
　美しい横顔だった。

"世の中には、あたしみたいに若くして死ぬ人も多い。
　人を救う場所には、救われない人もたくさん。
　健康な人は、闇を見ずに日々を暮らすわ。
　闇を、病院という白い大きな箱に入れてね"
　カナが静かに俺を見た。
"病院は闇の棲(す)み処(か)。
　医者の職場は、…この世の果(は)てかな"
「カナ…」
"ごめんね、あたしは毒を吐かずにいられないのよ。
　創くんがいてくれてよかった"
　細い指が俺の頬に触れた。

"あたしは「死」に夢中なの。
　寝ても覚めても死ぬことについて考えてる。恋みたいに。
　こんなことが言えて嬉しい"
「言えばいいよ。全部言えばいい」
　俺の言葉に、安堵したかのように小さな溜め息。
"あたしは死ぬわ。
　あなたはそのことをステップにして。将来のお医者さん"
　俺を通り越して遠くを見る目。
　抱き締めていいのか迷う、肩。
"あたし本当は怖くてたまらないの"

　カナを愛していたか？
　うん、愛していた———とても深く。
　その気持ちはうまく説明できない。
　たぶん、とても運命的で刹那的な。

「もし、カナが今も生きていたら…」
　その「もし」には意味がないんだ。
　カナは死ぬことがわかっていた。
　死ぬから俺を必要としていた。
　死が俺たちを結びつけていた。
　死ぬからこそ付き合い始め、死で終わることが約束だった。
　未来がないことがわかっていた。無理に言葉を選ぶなら…
「もし」カナが生き続けていたら…
　俺たちは付き合う理由を無くして、別れていただろう。

　会うたびに、死ぬこと、それだけを語り合う関係に。
　———未来があるだろうか？

それは、森の中で。
 カナは俺と2人きりになるのを、恐れた。
 いつも怯えるように、音子を呼んだ。
 だから、俺たちはほとんどの時間を、3人で過ごした。
 カナは、音子がいる時は落ち着いて、無邪気で。
 俺はいつも笑いさざめく2人を見ていた。
「あたしは邪魔になってた」と音子は言うけど。
 邪魔をしていたのはむしろ俺だったろう。
 まるで俺は、聖域に訪れた、不吉な使者。
 死を意識しない3人の時間が、カナを支えていた。
 でもカナは、死ぬことについて考えずにいられなかった。
 俺と2人きりになると、いつでも繰り返し…
 死ぬことについて話し続けた。

"音子はあたしの天使なの"
 カナのもうひとつの口癖。
"ねえ、人は遺伝子の容れ物だと思う？
 遺伝子を継ぐことで、死を受け容れやすくなるのね"
「子供を持つってこと？」
"そう。あたしは子供を持てない。自分が納得できる何かを、残すための時間もない。でもあたしには、世界でたった1人、同じ遺伝子を持つひとがいるの"
 夢見るようにふわっと笑う。

"音子は存在するだけで、あたしを守ってくれてる。
 それなのにあたしを抱き締めて、いつも綺麗な涙をこぼすの。
 自分よりカナの方が大事だって、言ってくれる"
 強い、とても強い… 俺には届かないつながり。
"音子はあたしの未来。あたしがどす黒いものを抱えて死んでゆく悪魔なら… あの子は天使"

「そんな風に考えない方がいい」
"音子を守りたい。あたしの未来を、守りたい"

　それは、森の中で。華奢な身体は今にも折れそうで。
　生きていたあの頃から、この世のものではないように見えた。
　悪魔と自分を呼ぶ、天使。
　死が暗黒ならば、カナは暗黒に呑まれるスレスレで、微笑っていた。
　抱き締めても、キスしても。透けるような儚さが胸を貫く。

"好きよ、創くん"
　カナが、笑う。
"あなたがいて、よかった。
　あなたがいるから、この戦いを乗り切れそう"

　悲しみと痛みと絶望と。理不尽で強靭な「死」という暴力。
"あたしの戦争に、あなたを巻き込んでごめんね。
　でも、戦争はお祭りみたいなもの"
　死に近付くほど、逆に。カナの言葉には「未来」が宿った。
"あたしの死は、『たったひとつ』の死。
　世界は続いて、あなたは祭りが終わったことに気付く。
　そして日常の中で、大切なひとを見つける"
「もっと自分のことだけ考えていい。
　カナにとってはカナが、世界の『すべて』でいいんだ」
　絞り出すように言うと。カナは少し微笑んだ。
"創くんと話してると…
　『たったひとつ』と『すべて』が同じに見えてくる"
　俺を見て、首をかしげるカナは。
　もう、俺の届かない何かを見ていた。

"生と死の境目に、エアポケットがあるんじゃないかと思うの。
　メアリー・ポピンズを知ってる？
　年が終わる時、大時計(ビッグベン)が鳴るのよ。
　鳴っている間は、どちらの年でもないの"

「どちらの年でもないってことはないだろう？
　年が変わる前に鳴り始めるなら、それは前の年だ」
"ふふ、そうかな。まるで今のあたしみたい。
　生に属するけど、完全な生ではない———理屈(りくつ)じゃわからないことが、たくさんあるわよ、将来のお医者さん"
　カナが微笑う。

"この世の果て、白い箱の中に。
　生と死のどちらでもない時間があるのよ。
　あなたはいつか、あたしとも会えるわ。
　いつも大時計の音を聴きながら暮らして"

　俺の手をとって胸に当てる。
　その柔(やわ)らかさは、ただひたすらに儚く。

"多分それは———止まりそうな心臓の音"

　カナは自らの死を語り続ける。
"発作は怖くない。
　発作が起こると、和紙みたいに向こうが透けて見える。
　暗闇(くらやみ)じゃなくて、うっすら明るい。近いのね、あちら側が"
　俺は決して、語り続けるカナを止めなかった。
　その戦争は、カナだけのものではなかったから。
「カナがいなかったら俺は…医者になろうと思えなかった」
　カナは優しく、微笑んだ。

「人生が長くても短くても、同じだ」
　どう言えば伝わるんだろう。
　言葉(ことば)とは、なんて不器用なんだろう。

　たぶんカナは、未来を予感していたと思う。
　自分が消えたその先、俺と音子の未来を。
　カナが検査から帰るのを、音子と病室で待っていた時…
　俺と音子が何気ない会話を交わしているのを、ひどく遠い目でカナが見ているのに気付いたことがある。
　俺がカナに気付くと、微笑んで。
　でもカナは、その時もその後も、何も言わなかった。
　何もかも、わかっているかのように。

"あたしは何を遺(のこ)せるかしらね？
　あたし、何もできないまま、死んでいくわ。
　隣(となり)の県くらいまでしか、行ったこともないのよ"
　これもまた、繰り言のように、何度も。
"結婚もせず、子供も持たず。
　それ以前に、セックスも知らずに、死んでゆくのよ。
　存在の無意味さに泣けてくるわ"
「無意味なんかじゃ、ないよ」
　いつも、俺は繰り返す。
　答えのない問いに、幾度となく終止符を打つ。
　それは、誤魔化(ごまか)しではなく…
　生きることに含まれる大事なもの。

"そうね…　無意味じゃ、ない"
　自分に言い聞かせるように。
　絶望と安らぎと、行きつ戻りつ。
"創くん、あたしはいつも、生きる意味を探(さが)しているの"

288　さよならは時に雨と同じ

「生きる、…意味?」
"そうよ。生きる、意味。
 人が生まれ落ちて、この世で果たす使命と運命について"
「使命と、運命…」
 そして俺の右手を、カナの小さな両手で握りしめる。
"死を前にすると心が澄んでくるの、って…
 気合いを入れて言ってみる。
 16で言える子なんてなかなかいないわよね"
「…」
 どうしても言葉を失くす時もある。
 そんな時は抱き締めて。強く抱き締めて。

"───だから、ねえ?
 幸せにしてあげる"
「どうやって?」
 壊れそうに華奢な身体をそっと離す。
"それは内緒。答えはあなたの中にあるわ"
 カナは、少し眩しい目をして。
"あたしが、あなたを守ってあげる。
 あたしに守られて、あなたは答えを見つける"

 そしてカナは、天使のように微笑んだ。
 それは痛みと喜びの境目にある、ひどく切ない微笑み。

"創くん、あなたが幸せになれたら…
 それはきっとあたしのお蔭。
 天を仰いで。

 少しだけあたしを思い出してね"

天使の羽に守られて

　カナの「好きよ」が耳に残る。
　それはまるで、羽のように軽く。
　抱き締めても、腕の中にあるのは儚い空白。
　カナからほとばしる熱は。
　いつも、自分の存在しない未来に向いていた。
"あなたはいつか、あたしとも会えるわ"
　希いは、いつも未来にあった。
　自分が消えたその向こう、ほの暗い闇の中に。
"音子を守りたい"
"幸せにしてあげる"…

　──────────
　──────
　────
　…

「音子」
　創くんがあたしを見た。
「カナにとって俺は"死"で。音子が"未来"―――」
　創くんが、静かにあたしを見た。
「カナが、死ぬことを知っていただけじゃなくて…
　カナと俺を結びつけていたのは"死"だった。
　そのことが、どうしても言えなかった。
　音子の中のカナの思い出を、壊したくなくて…」

　カナは、未来のことばかり話していた。
　死ぬなんて想像もしてないように見えた。
「ずっと考えてた。もしカナが、ただうちの病院の患者で。
　カナが今も生きていて、カナと俺が"死"で結びつくこともなかったとしたら―――」

創くんが、あたしの頬を軽く、てのひらで包んだ。
「俺は、最初から音子を好きになったのかもしれないと思う。カナと俺は似過ぎていたから…多分、同じように音子を――」
　頬からそっと手を外すと、目線を下げて。
「…でも、それを考えても意味はない。
　カナは"死"を抱き締めながら、俺の前に現れた。…鮮烈に」

　カナは、あたしの手をぎゅっと握ってた。
　あんなに近くにいたのに。
　あたしとカナは、なんて遠くにいたんだろう。

「カナが死んで、１年経って。御茶ノ水でぼんやり人波を見てたら、音子が泣きそうな顔で歩いてて…
　見つけた、と思った」

"世界は続いて、あなたは祭りが終わったことに気付く。
　そして日常の中で、大切なひとを見つける"
　高３になったばかりの、春。
　突然抱き締められた、あのスクランブル交差点。

「答えを見つけた、と」
　――"答えはあなたの中にあるわ"

「俺がカナを好きだったのは本当だけど。
　でもそれは、音子が想像していた形とはたぶん、違う」
　創くんがあたしの目をじっと見た。
「俺は"音子を守る"と言った」
　そう、夜の公園で。創くんはそう言って微笑んでいた。

「誤解(ごかい)させてごめん。
　前はカナが好きだったけど、今は音子が好きだとか…
　あの時は、そんな言葉にどうしてもしたくなくて」
　創くんが、あの時と同じ優しい目であたしを見てる。

「俺にとっては、好きだとかそんな言葉よりも、ずっと強い…
　告白だった。
　俺は音子を守るよ」

　カナの気配を、感じる。
　ふわりと舞い降(お)りる天使のように。
　───泣いているあたしの頭を、抱き寄せて。
　あたしの頭に、キスして…

「"あいしてる"」

　創くんがあたしを見つめてる。
　あたしの涙が止まって。
　でもまだ痛む、胸のあたりを手で押さえる。
　状況がよくわからない。うまく呑(の)みこめない。
　創くんがあたしを好きだって…　そう思っていいの？

　思わず少しずつ、後ずさろうとすると。
　力強い腕で引き寄せられた。
　胸に顔を押し付けられて。
　息(いき)が止まりそうなほどきつく、抱き締められる。
「心配した。音子が部屋に来たと思ったら、いなくなって…
　いきなり天国から地獄(じごく)に突き落とされた」
「…ごめんなさい…」

この場所にあたしがいていいの？
　愛されてるんだって…　思ってもいいの？
　クラクラして目を閉じると、肩を掴まれて、急に身体が離された。思わず首をすくめると、すぐ唇が重ねられた。
　深く甘いキス。
　その間も、大きな手が探るように頬や髪に触れる。
　そしてまた、もどかしく抱き締められる。
　耳元で声が響く。
「好きだよ。抱きたくて頭おかしくなりそう」
　…眩暈がする。

　記憶が、スライドをめくるように蘇ってくる。
　笑い合ったカナの部屋。おでこをくっつけあって内緒話。
　幸せだった少女の頃。
　カナと創くんが森の中で出会って。胸の奥が切なく。
　でも２人の幸せがどこまでも続くことを願った。
　手をつないで帰った、帰り道。カナと創くんとあたし。
　碧に天空を覆われた森の中。
　死の影を忘れて、他愛ない話に笑い転げてた。
　あの頃の記憶のひとつひとつが、あたしの中できらめく。

　カナ、あたしはカナの思い描いた未来の中にいる？
　あたしには、まだ。
　何もかもがまぶしくて、見えない。

「今もカナは"このへん"にいるのかな…」

「いるよ。カナは、天使だから」
　創くんがあたしを抱き締めながら、ぽつりと言った。
「じゃ、あたしは…　やっぱり悪魔？」

腕の中で、思わず言う。
　"音子は悪魔だ"って言った時の創くんは、本気に見えた。
　あたし、悪魔なのかな？

　創くんがあたしの肩を掴んでちょっと離して。
　目をじっと覗きこんだ。
「わからない」

　そしてあたしの髪をかき分けながら。
　耳元に口づけて。
　囁くように言った。

「これから東京に連れ帰って…
　一生かけてその答えを探すよ」

エピローグ

握り合う掌(てのひら)。
幼い誓(ちか)い。

いつか夢のようにすべてが過去になるなら。
永遠が棲(す)んでいた瞬間も。
時を積み重ねる永遠も。

いつかの果(は)てで溶(と)け合うかしら。

出会いは雨のように降(ふ)る。
あたしはあなたを抱き締める。

優しみをありがとう

あなたを忘れないのは
あなたのためではなく
あたしの　あたしだけのためだった
すべてのいたみさえも　今は優しくて
2人　歩いた道は　木もれ陽がさしてる

いつも　目の前には　答えだけがあるよ

幸せにしてあげる
幸せにしてあげる

今は遠い　あなたさえも

fin

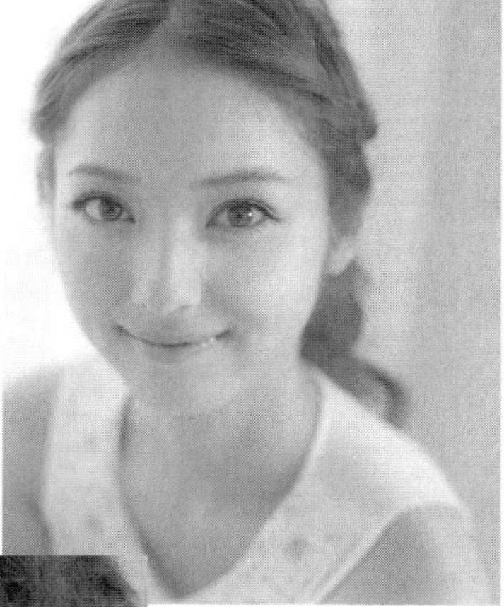
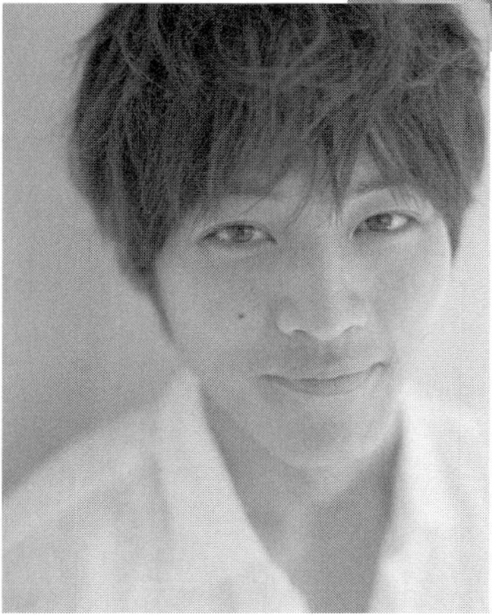

あとがき

　記憶を遡れば、かなり前。

　遠い目をした美少女と、自信家でマイペースの少年、引っ込み思案の主人公。
　少年は創くんという名前で、物事を変えてゆく力とキズを、あわせもっていて…そして物語は、死から始まる。
　私自身が少女の頃にこの物語は生まれて、横書きのノートに未完のままでいました。

　さよならは時に雨と同じ
　人為を超えてゆくもの

　このポエムを書いたのはその頃。
　ストーリーの断片は、まとまりのないままにノートに走り書きされてました。

　どこから物語は生まれるのかな。少女の頃、誰にも見せることなく書かれた文字は、記憶の奥底で眠っていて…
　大人になった私によって最初から織り直され、一冊の本となりました。
　こうして皆様とお会いできるのが嬉しくてなりません。

「さよならは時に雨と同じ」は、「虹のように消えてゆく」と「天使のように舞い降りる」の後に書いた、3つめの長編恋愛小説です。
　経験を活かして書いたシンと菜緒とはまた違って、とても楽しく幸福な気持ちで書き上げることができました。
　ネット上で発表した時より、主にラストシーンに加筆しています。

私にとって、この物語の主役は、音子とカナの両方。
　そして私自身は、音子にとても感情移入して書いたので、逆にカナが本当に大事で…
　つい、ラストシーンで、音子の感情が置いてきぼりになってしまったかなあと思いまして。
　文庫化にあたって、丁寧(ていねい)に加筆しました。

　この物語は「わたし自身と重なる」———という感想をいただくことが多いのです。
「虹」「天使」では、幼なじみの恋がずっと続く話を書きましたが、現実にはそういう恋ばかりではなくて。
　片思いや行き違いや、「あの子こそが本物で、あたしは偽物(にせもの)かもしれない」って切(せつ)ない思いや、終わってしまったけど本当のきらめきを持つ恋の記憶を、みんな抱えていたりして…。

　音子やカナに共感するという言葉を聞くたび、とても愛しくて抱きしめたい気持ちになって…　あなたは素敵だよって伝えたくなりました。
　音子も、カナも、2人に共感してくださる方々も、ごく普通の女の子でありつつ、特別な女の子でもあると思っています。
　瞬間と永遠が繋(つな)がっているように、「ごく普通」と「とびきりの特別」は繋がっているんじゃないかな、と。

　書いている間ずっと、音子とカナ、どちらも愛しくてなりませんでした。2人ともぎゅっと抱きしめるような気持ちで書いたつもりです。書き上げてからも、まだ2人が私のすぐ隣にいるような気分です。
　読んでくださったあなたに、少しでも共感していただける部分がありましたら、本当に嬉しいです。

生と死、瞬間と永遠。
　死は私たちのとても近くにあって、避けられない運命のようにひとりひとりの未来に立ち塞がっていて…

「虹〜」と「天使〜」のあとがきで書いたのですが、まだ少女だった友人を喪った時からずっと、ただどうしようもなく、死ぬことについて考え続けていました。
　突然の若い死が、あまりにも理不尽に感じて…
　どうして彼女は死んで、私は生き残っているんだろうって、考えずにいられなかったんです。

　でも、長い時間も。
　決して長くはない時間も。

　死んでしまったあの子も。
　死なずに生き続けているわたしも。

　もしかしたら長い時の果てでいつか、クロスするかな？

　あの子に笑われない言葉を書けているといいな。
　カナみたいに、超賢い子だったから。
　あの子に、「まだダメ。あと10年くらい練習してから書きなさい」とか言われないように。

　手を振り続けていよう。
　言葉は届くかもしれない。
　たぶん、瞬間と永遠が繋がっているように。
　あの子に伝わる言葉はきっと、今この文章を読んでくれている、見知らぬあなたにも繋がってる。

とてもとても大切に、心をこめて物語を綴りました。
あなたに届きますように。

最後に、激務の中でこの物語を読んでくれて「ダイジョーブですよ！」って温かく言ってくださった山田さん、エブリスタの凄い方々・佐竹さんと田辺さん、女の子の気持ちを驚異の洞察力でわかってくださった集英社の永田さん、いつも優しく温かく、少女のように愛らしいのに慈母のようなパワーを持つ担当の宮崎さん、そしてこの本を手にしてくださっているあなたに、心より御礼申し上げます。

Special thanks to; Aya, Tomoe, M, N, Y

私は、一生の恋と。
言葉の力を、信じています。
これからも恋の物語を書き続けたいと思います。
いつかまた、お会いできると嬉しいです。

miyu

恋するように綴って
愛に包まれて
夢みるように生きてみようか？
…Dreamin' A Dream.

★この作品はフィクションです。実在の人物・団体・事件などにはいっさい関係ありません。

ピンキー文庫公式ケータイサイト

PINKY★MOBILE

pinkybunko.shueisha.co.jp

著者・miyuのページ
(E★エブリスタ)

http://estar.jp/AFpik004/_crea_u?c=U2FsdGVkX18xXOTc5MDkyNrxS9W8ONcrhYxSPKkOexPkCJ81

★ ファンレターのあて先 ★

〒101-8050　東京都千代田区一ツ橋2-5-10
集英社 ピンキー文庫編集部 気付

miyu先生

♥ピンキー文庫

さよならは時に雨と同じ

2011年9月27日　第1刷発行
2011年11月19日　第2刷発行

著　者　　miyu
発行者　　太田富雄
発行所　　株式会社集英社
　　　　　〒101-8050　東京都千代田区一ツ橋2-5-10
　　　　　電話 03-3230-6255（編集部）
　　　　　　　 03-3230-6393（販売部）
　　　　　　　 03-3230-6080（読者係）
印刷所　　凸版印刷株式会社

★定価はカバーに表示してあります

造本には十分注意しておりますが、乱丁・落丁（本のページ順序の間違いや抜け落ち）の場合はお取り替え致します。購入された書店名を明記して小社読者係宛にお送り下さい。送料は小社負担でお取り替え致します。但し、古書店で購入したものについてはお取り替え出来ません。なお、本書の一部あるいは全部を無断で複写複製することは、法律で認められた場合を除き、著作権の侵害となります。また、業者など、読者本人以外による本書のデジタル化は、いかなる場合でも一切認められませんのでご注意下さい。

©miyu 2011　Printed in Japan
ISBN 978-4-08-660016-3 C0193

「さよならは時に雨と同じ」
著者**miyu**の新作小説
電子書籍投稿サイト **E★エブリスタ** で独占連載中!

『天使のように舞い降りる』

さあ、恋の続きをはじめよう。
「虹のように消えてゆく」の続編。
透明感のある世界観を持つ
miyuが描く、
切なく甘い恋物語。

『虹のように消えてゆく』

ナオはドジで目立たないフツーの女子高生。成績優秀で
クールな幼馴染のシンに片想いしている。そんな2人の前に、
超・美少女の転校生・舞が現れた。お嬢様でかわいくて
頭もよい、そんな舞がシンに果敢にアタックをはじめて……。
シンとナオと舞。3人の恋と思惑が錯綜し、
忘れられない運命の夏がはじまった。

「さよならは時に雨と同じ」原作も
E★エブリスタで読めます!

E★エブリスタ
estar.jp

「E★エブリスタ」(呼称:エブリスタ)は、小説・コミックが読み放題の
日本最大級の電子書籍投稿サイトです。

E★エブリスタ**3つのポイント**

1. 小説・コミックなど160万以上の投稿作品が無料で読み放題!
2. 書籍化作品も続々登場中!話題の作品をどこよりも早く読める!
3. あなたも気軽に投稿できる!人気作品には毎月賞金も!

※一部有料のコンテンツがあります。 ※ご利用にはパケット通信料がかかります。

E★エブリスタは携帯電話・スマートフォン(ドコモのみ)・PCからご利用頂けます。

電子書籍投稿サイト「E★エブリスタ」

(携帯電話・PCから)
http://estar.jp

携帯から簡単アクセス!
(ドコモのスマートフォンの方は
以下からアクセスしてください)

スマートフォン向け「E★エブリスタ」アプリ

(ドコモのスマートフォンから)
ドコモマーケット⇒コンテンツ一覧⇒本/雑誌/コミック⇒E★エブリスタ

※E★エブリスタは株式会社エブリスタが運営する電子書籍投稿サイトです。